CB070173

Copyright © Na Kombi, 2010 por Silvio Lach e Ulisses Mattos
Texto Editores, Ltda. - Todos os direitos reservados e protegidos
pela Lei 9.610, de 19.2.1998. É proibida a reprodução total
ou parcial sem a expressa anuência da editora.

COORDENAÇÃO EDITORIAL
Barba Negra

REVISÃO
Alexandra Colontini

CAPA E PROJETO GRÁFICO
Retina78

ASSISTÊNCIA EDITORIAL
Suria Scapin

IMPRESSÃO
Gráfica Santa Marta

Dados internacionais de catalogação na publicação (CIP-Brasil)
Ficha catalográfica elaborada por Oficina Miríade, RJ, Brasil.

087	Lach, Silvio, 1963-
	Na Kombi: humor Twitter / Silvio Lach & Ulisses Mattos.
	– São Paulo : Leya, 2010.
	128 p. – (Sorria, você está lendo um livro)
	IISBN 978-85-62936-51-7
	1. Humorismo brasileiro. 2. Internet – Humor, sátira, etc. I. Mattos, Ulisses, 1973- . II. Título. III. Série.
10-0029	CDD B869.7

LEYA
C U L T

texto editores ltda. - uma editora do grupo Leya
Av. Angélica, 2163, conjunto 175
01227-200 - Santa Cecília - São Paulo - SP - Brasil
www.leya.com.br

KOMBI
NA

Silvio Lach & Ulisses Mattos

BARBA NEGRA

LEYA CULT

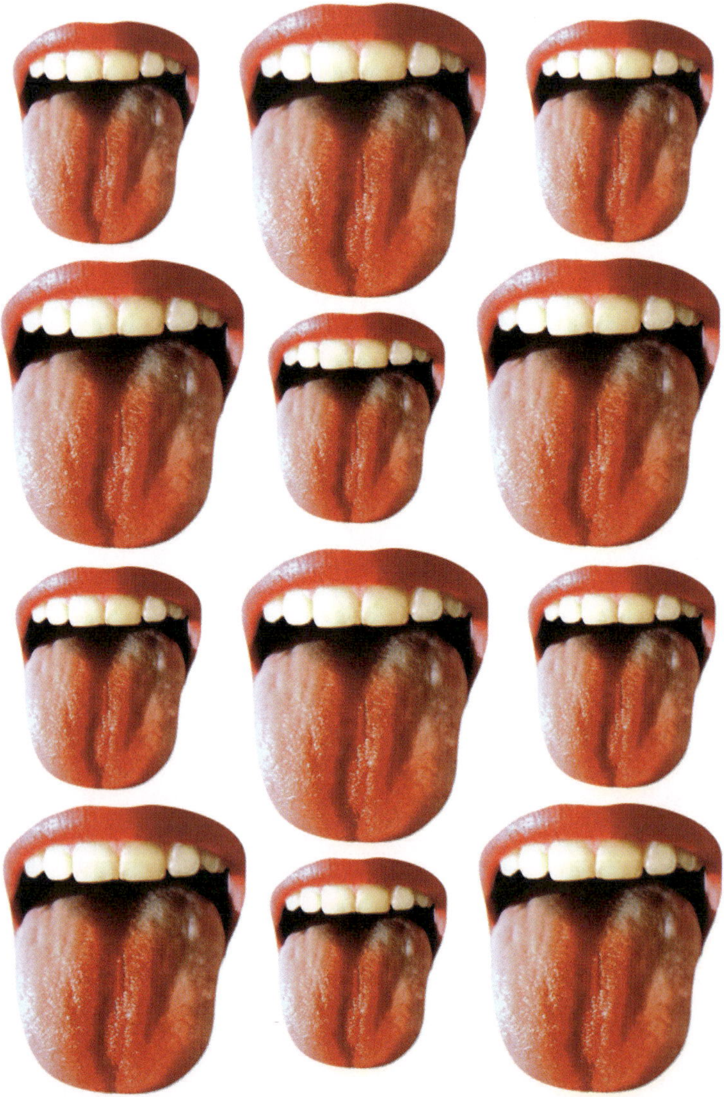

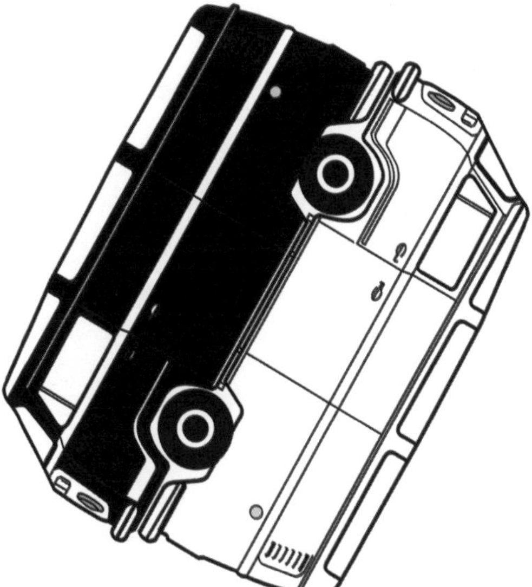

A KOMBI E SUA
VAN FILOSOFIA

Com a crise dos transportes públicos, muitos humoristas estão se virando como podem para fazer suas ideias circularem. No *twitter*, a melhor maneira de viajar é @Na_Kombi da revista *M...* . Nela você pode chegar a qualquer hora que sempre tem uma vaga na janela.

Uma vez por semana alguns tuiteiros privilegiados são convidados para um passeio. Ulisses Mattos e Silvio Lach se revezam na direção. Antes da partida, eles anunciam o itinerário a ser percorrido. Um tema genérico é sugerido aos passageiros que vão soltando suas abobrinhas pelo caminho. Falam sobre sexo, drogas, família, futebol, políticos, dinheiro, comida... até sobre nada já se falou ali. Quem está @Na_Kombi se diverte, quem tá no ponto sempre faz sinal e pede uma carona. Até hoje ninguém se arrependeu nem pediu pra saltar antes de chegar ao ponto final.

Quando o tema é mais pedregoso, alguns humoristas têm que empurrar a viatura que rapidamente pega embalo e vai embora. Além do tema, só há uma restrição: @Na_Kombi só cabem 140 caracteres. Mesmo se o tema for obesidade, o texto tem que ser enxuto. Você pode usar qualquer combustível @Na_Kombi.

Muitos preferem quando ela é movida a álcool, outros não se incomodam se ela soltar muita fumaça. Roda com pneus carecas e, algumas vezes, com piadas cabeludas. E se a censura se engraçar a Kombi da *M...* atropela. E foge do local do crime sem dar chance de anotarem a placa.

Helio de la Peña

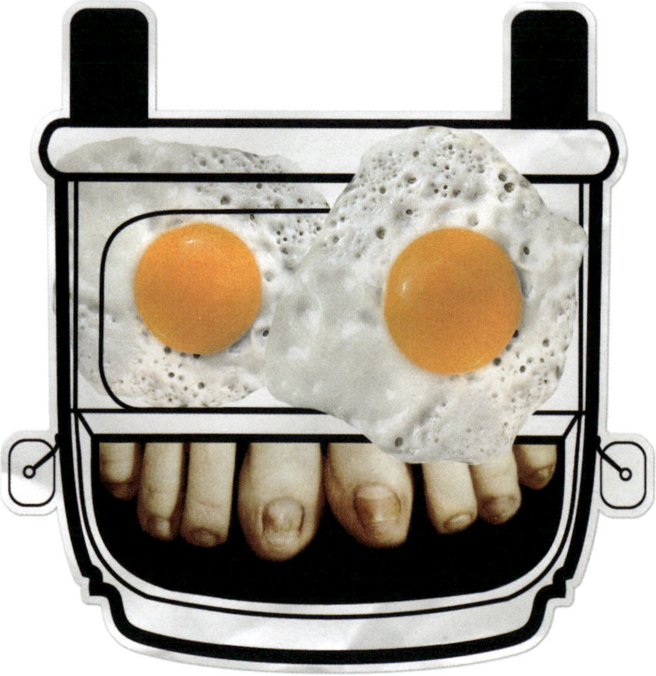

Humor.
1. Estado de espírito, bom ou mau; DISPOSIÇÃO; TEMPERAMENTO: Ela às vezes está de bom/ mau humor. 2. Espírito ou veia cômica,

Na_Kombi

Ironia é ficar cheio de dedos pra fazer piada com o Lula. (@piangers)

Alguns humoristas só conseguem fazer os outros rir quando dizem que são humoristas. (@aperteoalt)

Há humorísticos que funcionam como a despedida para comediantes antigos e o começo para gostosas iniciantes. (@ulissesmattos)

Tem muito *stand up* que devia ser *shut up*! (@raphaelcrespo)

Humor negro é igual a perna. Uns têm, outros nãozis.... (@mussumalive)

Acontece um terremoto toda vez que alguém faz a piadinha do pavê. (@piangers)

O tempo da piada é essencial. Se chover, faça um texto encharcado de ironia. (@piangers)

Eu podia estar roubando, eu podia estar matando, eu podia estar fazendo piada com a Preta Gil... (@ulissesmattos)

O humor do meu chefe vive mudando. Varia sempre entre "mau" e "péssimo". (@piangers)

O Humorista nasce ruim. A sociedade é que o corrompe. (@silviolach)

"Eu não entendo por que...". O gênero deveria ser "I can´t undersSTAND UP COMEDY". (@ulissesmattos)

As melhores piadas que eu ja ouvi começam sempre com "Vossa Excelênciazis..." (@mussumalive)

Brasil é mais carente de humor que de comida. Um esfomeado pelo menos reconhece um pedaço de carne quando vê um. (@ronaldrios)

Toda pessoa que morre de rir, um minuto depois está muito mais viva. (@silviolach)

Humor no Twitter é como sexo no carro: apertado, rápido e vez ou outra aparece alguma coisa gozada. (@microcontoscos)

Fazer humor político no Brasil é reciclar o lixo. (@silviolach)

Brincadeiras com anões é o tipo de humor mais baixo que eu conheço. (@piangers)

Humor é o melhor remédio. Tanto que algumas piadas vêm em pílulas. (@silviolach)

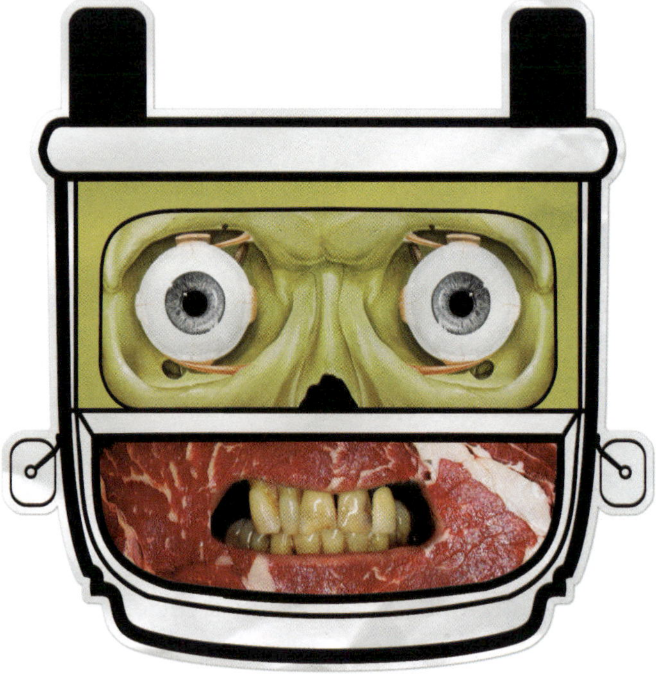

Corpo humano.
1. Anat. Estrutura física e individualizada do homem ou dos animais. 2. Anat. O tronco de um ser humano ou animal.

Na_Kombi

Dois corpos não podem ocupar o mesmo espaço. Mas é gostoso tentar. (@ulissesmattos)

Quando o pastor diz "Sai desse corpo", geralmente ele está falando com o seu dinheiro. (@sandrofortunato)

O Congresso é o motivo pelo qual nós temos o dedo médio. (@prosopopeio)

Quando o assunto é aborto, muita gente tira o corpo fora. (@tiodino)

Do jeito que a sociedade está egocêntrica, um bigo é pouco. (@ulissesmattos)

Admiro muito o rei Roberto Carlos. Não é fácil esbanjar aquela simpatia toda acordando todo dia com o pé esquerdo. (@amatos30)

Há alguns excessos dispensáveis no corpo humano, como, por exemplo, o prepúcio nos homens e as cordas vocais nas mulheres. (@prosopopeio)

O cu é um dos poucos orgãos que se pode doar em vida. (@amatos30)

Missa de corpo presente é quando morre sua sogra. Presentão. (@ulissesmattos)

"Enfia no cu", disse o médico ao receitar um supositório para o paciente. (@amatos30)

Papo reto é conversa de proctologistas. (@ulissesmattos)

Um corpo que cai, do Hitchcock, é um filme baseado em história real: a de todas as minhas ex-mulheres. (@silviolach)

O leite de vaca pode ser melhor que o das humanas. Mas na embalagem, o das nossas são muito melhores. (@ulissesmattos)

Se o corpo é um templo sagrado, as prostitutas são os pastores. (@alexpaim)

O Twitter é masculino. Tem textículos. (@silviolach)

Minha personal trainer me perguntou que corpo eu quero ter. O dela. (@aperteoalt)

Relação entre política e anatomia: antes da eleição, corpo a corpo. Depois da eleição, corpo mole. (@georgemacedo)

As quatro partes que formam o corpo de uma modelo são cabeça, tronco, membros e Photoshop. (@sandrofortunato)

Os seios da mãe do Niemeyer produziam leite longa vida. (@amatos30)

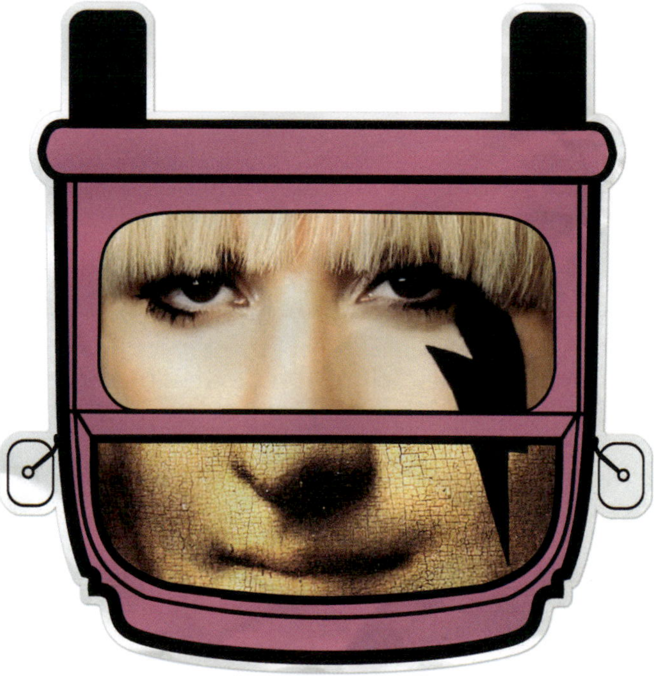

Música.
1. Arte de usar os sons com intenção estética e expressiva, combinando-os num mesmo todo criativo de ritmo e harmonia

Na_Kombi

Elvis, John Lenon, Michael Jackson. Não importa quem é o cantor. Todos um dia terão que passar pelo Sepultura. (@alexpaim)

It´s Raining Mé! Aleluia!! / It's Raining Mé! (@MussumAlive)

O cara que toca música em barzinho tira altas cifras do violão e nenhuma do dono do barzinho. (@silviolach)

Dado Dolabella é o tipo do cantor que não se toca. Nos dois sentidos. (@silviolach)

O maior erro de um guitarrista emo é não aprender a tocar baixo antes. (@Deeercy)

"Quando o segundo sol chegar"... fodeu! (@silviolach)

Dizem que se rodar um disco da Xuxa ao contrário, você ouve o diabo. No inferno, eles têm medo de fazer isso e ouvir a Xuxa. (@Deeercy)

She's gotta a Twitter to write faria um puta sucesso hoje. (@silviolach)

Mortes na MPB: Paulinho Moska é morto após aplausos. (@alexpaim)

"Eu digo 'sim', você diz 'não'... eu digo 'tchau', você diz 'alô'"... Essa dupla sertaneja João e Paulo é uma M... (@silviolach)

Não, Amadeus não era um compositor de música Gospel, seu infeliz. (@silviolach)

Tempo não é dinheiro. São duas faixas diferentes no *The Dark Side of The Moon*. (@ulissesmattos)

A parceria Lennon e McCartney gerou músicas inesquecíveis, mas a balada mais famosa foi a do Mark Chapman. (@alexpaim)

Se foi a Sandy quem casou com um cara da Família Lima, por que foi seu irmão que virou Júnior Lima? (@ulissesmattos)

Eu acredito em disco voador. Ontem mesmo vi um disco do Roberto Justus voando pela janela. (@silviolach)

Tá certo que o rock brasileiro tinha que dar uma rejuvenescida, mas não precisava voltar ao jardim de infância, né? (@prosopopeio)

Com minha mania de associar o nome à pessoa, sempre confundi Nelson Ned com Toquinho. (@AlexandreMedina)

Canto tanto durante o banho que o meu chuveiro elétrico virou um chuveiro acústico. (@Deeercy)

Segura o Tchan! Amarra o Tchan! E aproveita que ele está imobilizado pra cobrir de porrada! (@jotapelopes)

♫ P-p-p-p-poker face! ♪ Tinha que ser mesmo uma Lady gaga. (@ulissesmattos)

Ou baixa o preço do CD ou o apreço por baixar CD continua. (@prosopopeio)

Odeio tanto axé, que não uso nem o desodorante (@silviolach)

Se alguém explicar o sentido de "açaí, guardiã, zum de besouro, um imã, branca é a tez da manhã", explico o sentido da vida. (@megantonio)

Samba de evangélico é pragod. (@silviolach)

Claro que música clássica e samba combinam. Beethoven é um exemplo: tocava piano e tocava surdo. (@AlexandreMedina)

EMOfilia é uma doença onde o fator de coagulação sanguínea da pessoa é nxZERO. (@microcontoscos)

Baianos, acordem: o rebolation é ruim, o rebolation é ruim, ruim, ruim... (@prosopopeio)

E o Padre Fábio de Mello... parece que não vai mais aceitar playback. Agora ele só canta à capela. (@Deeercy)

Mesário quando tem que passar o som para banda emo sempre diz "me dá um dó...". (@prosopopeio)

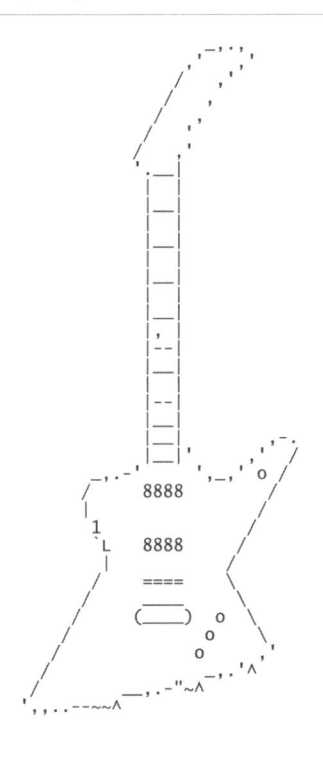

```
                    . ' ' .
                   '       '
                  '         '
                 '       . '
                '       '
               '       '
              |‾|      '
              | |     '
              | |    '
              |_|   '
              | |  '
              | | '
              | |'
              |_|
              | |
              | |
              |_|
              | |
              |_|
              | |
              |_|
              |,|
              |''|
              |--|
              |--|
              |__|
           _.-'  '-._
         .'          '., - - . o
        /   8888        \
       | 1               |
       |`L   8888        |
       |_|               |
       | |   ====        |
       |_|   (__)   o    |
        \         o  o  ,'
         '.       o   ,'^
           '._  _.-'^
        ',,.--~^
```

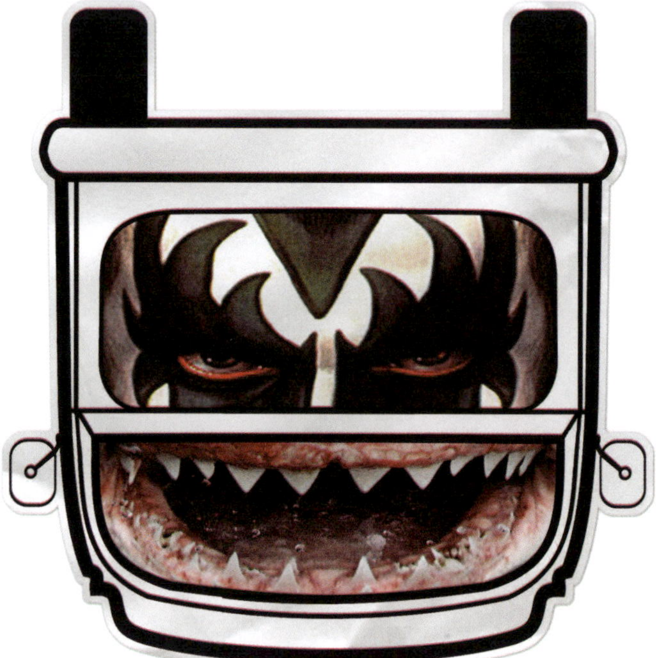

Doença.
1. Perturbação da saúde, que se manifesta em sintomas que podem ou não ser perceptíveis;
2. Fig. Obsessão, mania, vício

Na_Kombi

Herpes genital é a natureza denunciando a infidelidade. (@amatos30)

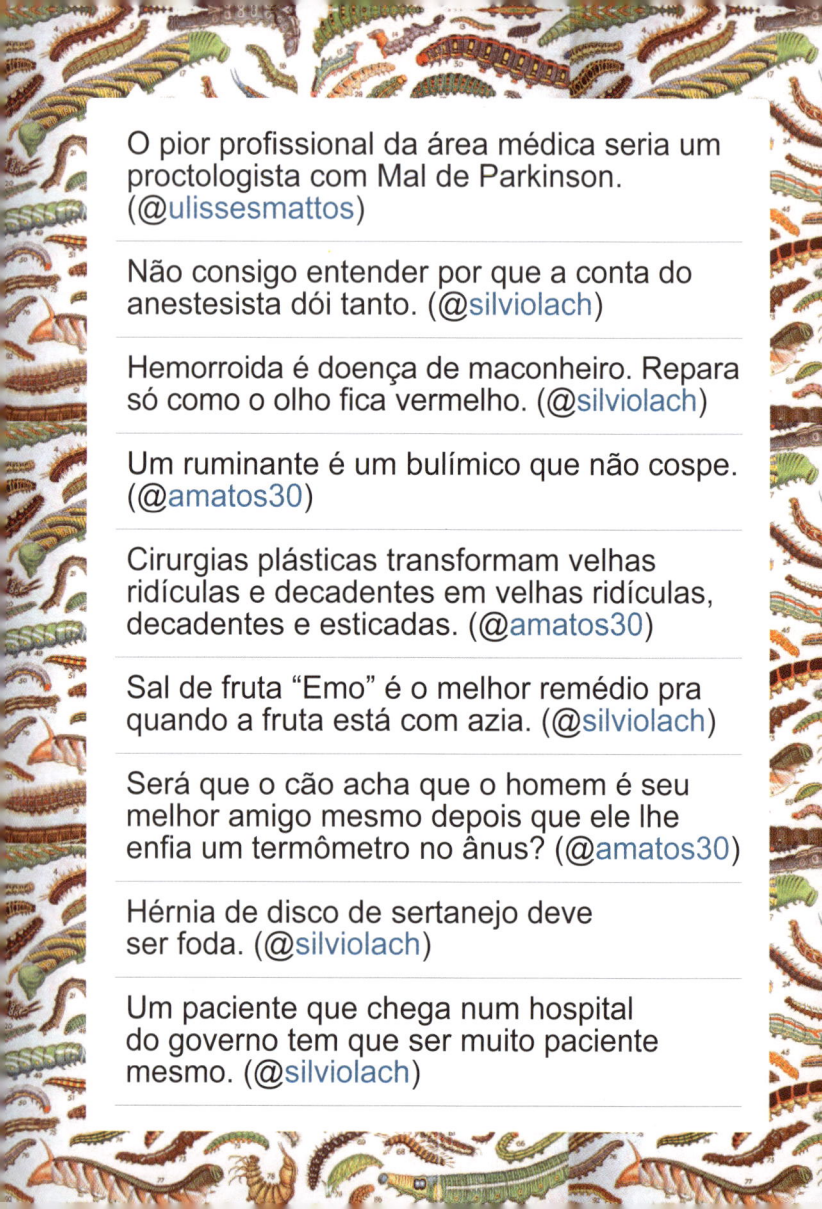

O pior profissional da área médica seria um proctologista com Mal de Parkinson. (@ulissesmattos)

Não consigo entender por que a conta do anestesista dói tanto. (@silviolach)

Hemorroida é doença de maconheiro. Repara só como o olho fica vermelho. (@silviolach)

Um ruminante é um bulímico que não cospe. (@amatos30)

Cirurgias plásticas transformam velhas ridículas e decadentes em velhas ridículas, decadentes e esticadas. (@amatos30)

Sal de fruta "Emo" é o melhor remédio pra quando a fruta está com azia. (@silviolach)

Será que o cão acha que o homem é seu melhor amigo mesmo depois que ele lhe enfia um termômetro no ânus? (@amatos30)

Hérnia de disco de sertanejo deve ser foda. (@silviolach)

Um paciente que chega num hospital do governo tem que ser muito paciente mesmo. (@silviolach)

Mal de Parkinson deixa a mão em *vibracall*. (@amatos30)

Febre alta mesmo é aquela em que o sujeito come milho e caga pipoca. (@amatos30)

Zico fez campanha contra o câncer de pênis. Tudo a ver. O galinho te ajuda a cuidar do pinto. (@ulissesmattos)

Pobre no Brasil só vai num médico legal quando morre. (@silviolach)

Há tratamento para dois signos do zodíaco: câncer e virgem. (@ulissesmattos)

Gordo está sempre em estado de coma. (@silviolach)

"Feiúra feminina" deveria estar na mesma categoria de doenças que a "disfunção erétil". (@sandrofortunato)

Em tempos de crise, o Zé Gotinha faz bico em propagandas de cueca. (@ulissesmattos)

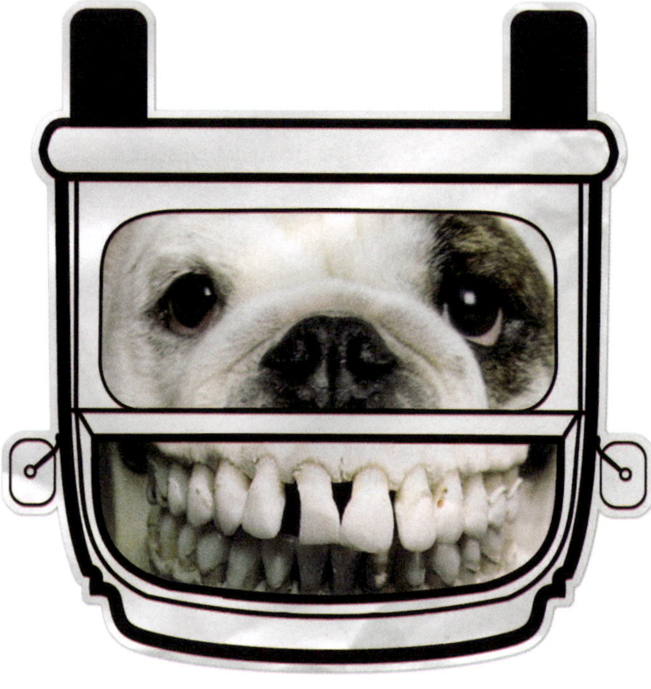

Animais.

1. Ser vivo organizado, com sensibilidade e capacidade de se locomover
2. Restr. O mesmo que animal irracional; BICHO

Na_Kombi

Homem é um pouco mosquito: fala no ouvidinho, pica e depois voa. (@silviolach)

Contra a gripe suína, o que você precisa é de antiporcos. (@tiodino)

Vi um pombo comendo arroz de um despacho de macumba. Finalmente entendi a origem da pomba-gira. (@ulissesmattos)

A barata é diferente da mulher: você sabe por que está batendo, mas ela não sabe por que está apanhando. (@silviolach)

O que é, o que é: bonitinho, fofinho e arranha o vidro? Um gato no micro-ondas. (@tiodino)

Cães são superiores até quando comparamos um *hot dog* a um churrasco de gato. (@ulissesmattos)

O que é, o que é: tem horas que é tranquilo, e tem horas que é agressivo? Um urso bipolar. (@tiodino)

A lagartixa larga o rabo para sobreviver. A dançarina de funk só mexe. (@tiodino)

Os bichos no zoológico vivem que nem a gente: ficam atrás das grades enquanto os animais de alta periculosidade circulam livremente. (@silviolach)

Tenho um pastor que me consome 10% do que ganho em ração. (@tiodino)

Sempre que vejo um espetinho de coração de frango, me sinto um serial killer (@silviolach)

Noé pirou quando viu que o casal de coelhos já eram 374. (@prosopopeio)

Antes de mandar uma minhoca tomar no cu, verifique o lado. (@tiodino)

O cruzamento do bicho da seda com um camarão dá um baseado. (@silviolach)

Saiba: seu melhor amigo jamais tentaria sodomizar sua perna. (@prosopopeio)

Tem piranha que é como ostra: só se abre com uma pérola. (@tiodino)

O cachorro é o melhor amigo do cachorro: consegue pagar boquete pra ele mesmo. (@silviolach)

Praticar zoofilia e ainda tentar um frango assado é avacalhação demais. (@tiodino)

A cadela é que é a melhor amiga do homem. (@silviolach)

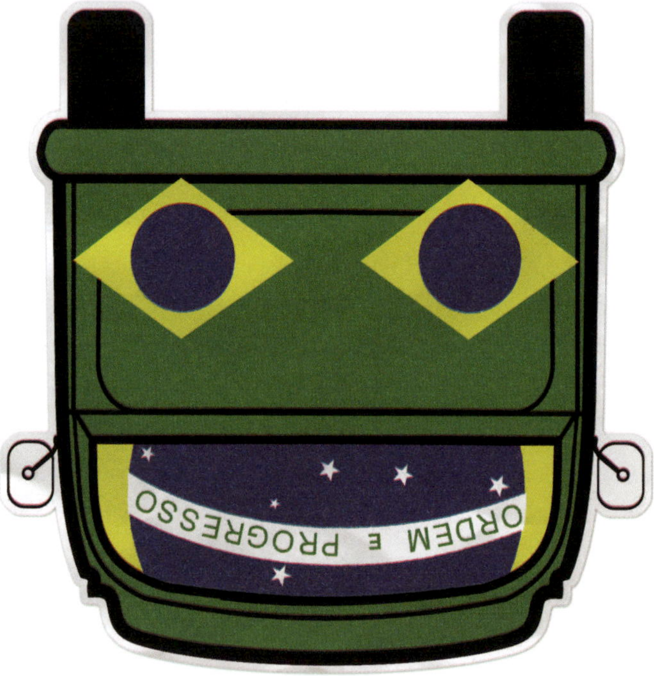
ORDEM E PROGRESSO

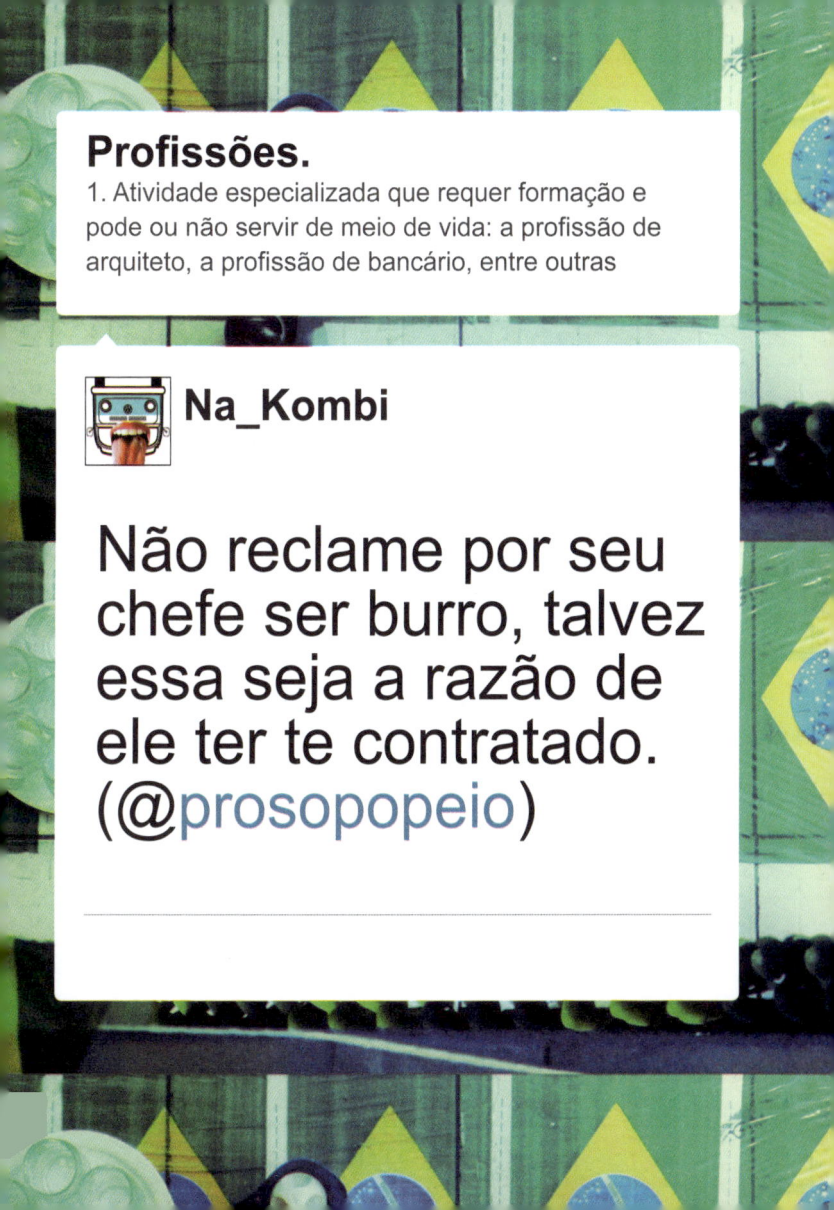

Profissões.
1. Atividade especializada que requer formação e pode ou não servir de meio de vida: a profissão de arquiteto, a profissão de bancário, entre outras

Na_Kombi

Não reclame por seu chefe ser burro, talvez essa seja a razão de ele ter te contratado. (@prosopopeio)

Se os super-heróis fossem criados hoje, Clark Kent seria blogueiro e Peter Parker, *paparazzo*. (@ulissesmattos)

A Galisteu seguiu a trajetória de todo mundo que tenta começar na TV: primeiro fez um piloto. (@silviolach)

Ser descendente da profissional mais antiga do mundo não é motivo para empregar parentes no governo. (@georgemacedo)

No Brasil, tem profissional que só começa a trabalhar quando é demitido: Ex-BBB. (@prosopopeio)

O traficante não deixa de ser um tipo de agente de viagem. (@silviolach)

O que o FHC faz hoje em dia? Virou ociólogo? (@prosopopeio)

RH: Para economizar os recursos mandam embora os humanos. (@silviolach)

Diploma de jornalista é tão útil quanto jornais impressos: ainda servem pra embrulhar peixe. (@ulissesmattos)

A crise está tão grave que até a trema perdeu o emprego. (@silviolach)

Tem gente que recebe por *job*. Melhor é o doador de esperma, que recebe por *handjob*. (@ulissesmattos)

A manicure casada com proctologista não deve levar trabalho pra casa. (@prosopopeio)

Não sei quem se exibe mais pro cliente: strippers ou técnicos de informática. (@ulissesmattos)

Mandar o prato voltar e pedir para o cozinheiro passar mais a carne pode ser um prazer quase sexual. Só que ele cospe e você engole. (@silviolach)

Deus é CEO do CÉU. (@prosopopeio)

Jornalista é a profissão que deveria consumir menos cocaína. Afinal é uma das únicas que não tem canudinho. (@silviolach)

Fisioterapeuta é massagista sem final feliz. (@prosopopeio)

Ser mandado embora pelo patrão é uma merda. Pela patroa, pior ainda. (@silviolach)

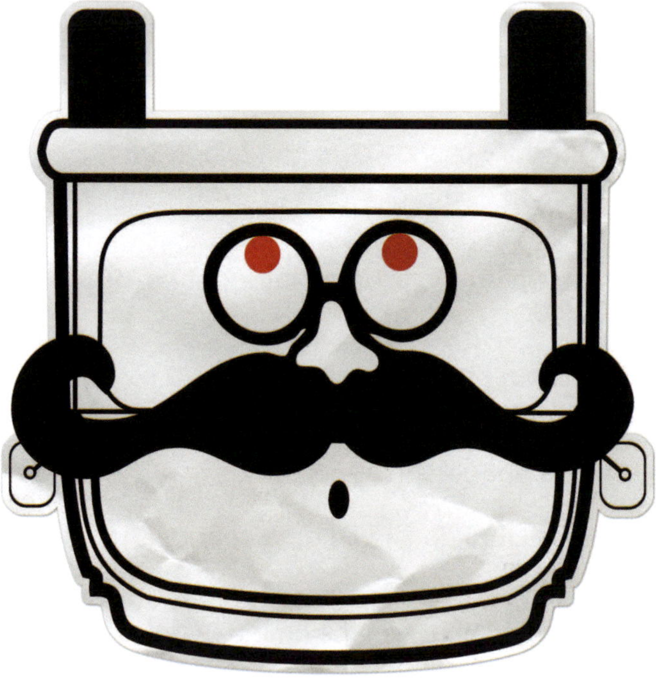

Machismo.

1. Opinião ou procedimento discriminatórios que negam à mulher as mesmas condições sociais e direitos do homem. 2. atitude ou modos de macho (?) Rs .

Na_Kombi

Machista é um idiota querendo irritar as amigas. Feminista é uma lésbica que não quer mais se depilar. (@nigelgoodman)

Deus é tão machista que nos mandou um filho em vez de filha e ainda fez questão que a mãe fosse virgem. (@ulissesmattos)

Meu médico disse que tenho que comer carne magra. É, não vai ter jeito. Acho que terei que trair a patroa. (@silviolach)

Mulher reclama de menstruação à toa. Sangro todo dia fazendo a barba e não passo o dia com cara de sofrimento. (@ulissesmattos)

O cachorro é o melhor amigo do homem, porque quando saímos para passear, ele entende que não é pra comprar nada (@nigelgoodman)

Mulher, para mim, é como vinho. Gosto muito, mas não entendo nada. (@faustosalvadori)

Mulher adora se gabar que resiste à dor do parto e depilação, mas uma mísera dor de cabeça e o sexo já era. (@nigelgoodman)

O melhor do calendário da Pirelli é que as modelos não têm pneuzinhos. (@ulissesmattos)

A gente olha pra bunda delas. Elas olham pra nossa poupança. (@silviolach)

Macho que é macho não usa cueca sem costura. Mantemos as pregas. (@ulissesmattos)

Mulher bonita até bicha come. Mas só homem de verdade encara uma fubanga. (@faustosalvadori)

Mulher em escritórios: ou é competente ou não usa sutiã. (@ulissesmattos)

Ex-mulher tem que deixar na geladeira. Mas é só pra conservar a comida. (@silviolach)

Nossa homenagem às mulheres é chamar algumas partidas de futebol de pelada ou rachão. (@ulissesmattos)

Certa vez, num bar, um colega pediu uma caipirosca com adoçante. Me levantei e fui embora, não bebo com viado. (@prosopopeio)

Um homem inventou a Teoria da Relatividade. A mulher inventou discutir relação. (@ulissesmattos)

Homem adora discutir a relação: a relação de mulheres que ele já pegou. (@silviolach)

Só me falta neste país um pedaço de costela virar presidente. (@prosopopeio)

Deveria ser obrigatório que os currículos profissionais de mulheres viessem com foto 3x4. (@ulissesmattos)

Amiga é aquela mulher que a gente ainda não pegou. (@silviolach)

Nada se compara à fúria de uma feminista vegetariana. (@nigelgoodman)

Por que algumas calcinhas têm um lacinho na frente? Só pode ser pra sinalizar que é embrulho de presente pra gente. (@ulissesmattos)

As mulheres cobram muita da gente. Outro dia me cobraram R$ 100. (@silviolach)

Acho legal ver mulheres no Twitter. Com as redes Wi-Fi, hoje em dia a internet chega até à cozinha. (@nigelgoodman)

Homem chora vendo *Marley e eu* quando descobre que a gloriosa Kathleen Turner virou aquela adestradora gorda. (@faustosalvadori)

Se você acha que o homem não tem porra nenhuma na cabeça, está procurando na cabeça errada. (@silviolach)

A realização do ideal feminista é a indústria pornô, na qual as mulheres ganham três vezes mais que os homens. (@faustosalvadori)

Eu não consigo entender as mulheres. Reclamam de tudo. Eu já joguei a toalha... molhada e em cima da cama. (@silviolach)

A diferença do machismo para o feminismo é que o segundo se resolve com um bom tapa na cara! (@prosopopeio)

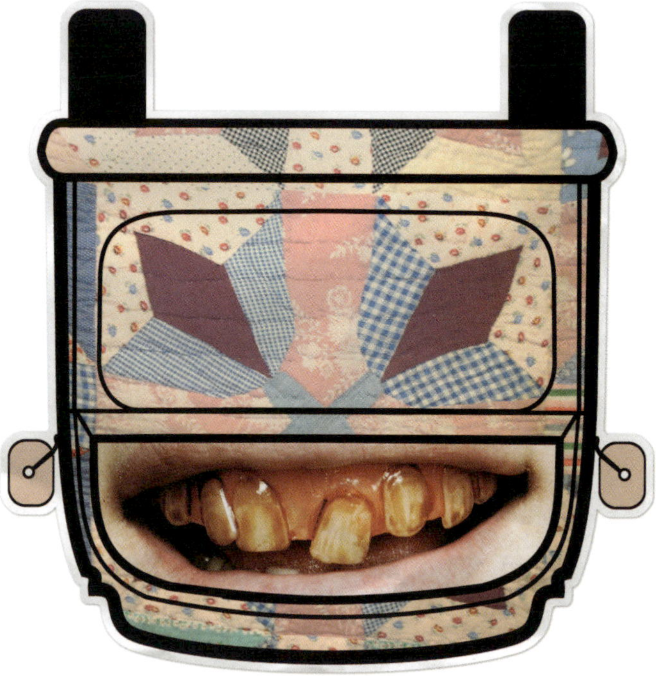

Velhice.
1. Fase da vida depois da maturidade: Com a velhice, tem-se a perda de certas capacidades.
2. Condição ou estado de velho, de idoso.

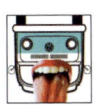

Na_Kombi

A primeira amnésia por causa do Mal de Alzheimer a gente nunca esquece. (@prosopopeio)

A partir de certa idade, filme pornô não é sacanagem. É nostalgia. (@sambrito)

Ser criança é fase, adolescente e adulto também. Mas ser velho é estado. A velhice é a herança que você se deixa. (@prosopopeio)

As paixões na terceira idade demoram um pouco mais pra acontecer. É o amor à primeira vista cansada. (@silviolach)

Não há coisa melhor do que dividir experiências com os netos, como, por exemplo, fralda e papa de aveia. (@prosopopeio)

"Amor, vamos dar uma esticada hoje à noite?" "Não vai dar, meu cirurgião plástico só atende até as 17h". (@silviolach)

Você nota que está ficando velho quando vai jogar buraco e tem quatro mortos e um vivo. (@silviolach)

A gente nota que está ficando velho quando ninguém mais acredita que aquelas tuas amigas um dia foram gostosas.(@silviolach)

A velhice é a fase em que o orgão sexual perde a função mais divertida e a que sobra funciona tão mal que precisa de fralda geriátrica. (@amatos30)

O bom das velhinhas é que elas não precisam de consolos com pilha. Já tremem sozinhas. (@silviolach)

O conselho de Nelson Rodrigues pros jovens foi "envelheçam!". Acho que o conselho dos jovens pros velhos é "morram!". (@ulissesmattos)

Você nota que está ficando velho quando a coisa mais parecida com sexo oral passa a ser colocar uma Novalgina na língua.(@silviolach)

Sabe como o velhinho dá mole para as velhinhas? Abrindo o zíper. (@silviolach)

Dizem que a 3ª idade é a "melhor idade". "Melhor idade" pra quem? Pra Pfizer, que produz o Viagra? (@amatos30)

O problema da velhice não é só o colega que vai, é o Corega que vem. (@silviolach)

Minha mulher é uma gatinha. Já está na sétima vida. (@silviolach)

Idosos sempre sonham em voltar a ser criança, mas reclamam quando ficam carecas, banguelos e evacuando nas calças. (@prosopopeio)

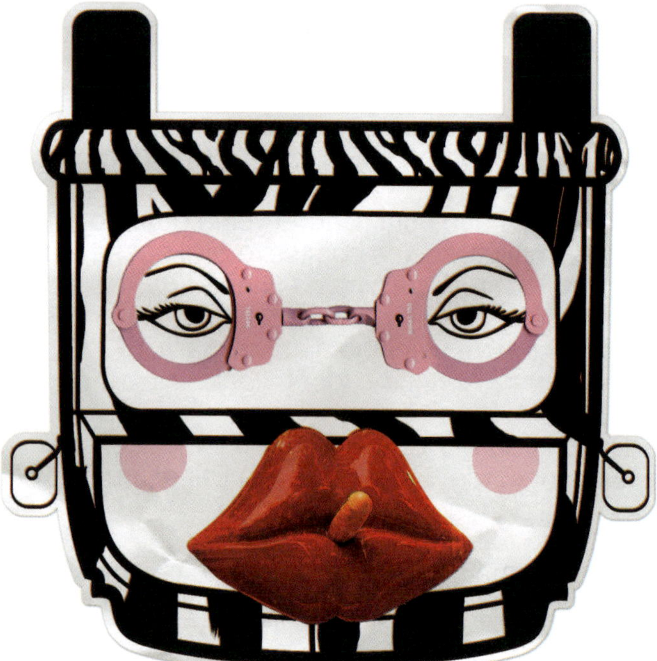

Guerra dos sexos.
1. Luta, combate, conflito armado ou não. 2. Fig. Oposição, rivalidade: guerra entre os sexos. [Antôn.: paz.]

Na_Kombi

Pau duro não é obrigação. É merecimento! (@LeoJaime)

A TPM faz mais mal ao homem do que à mulher. (@ulissesmattos)

Tenho algo muito forte em comum com meu marido; nós dois amamos a mesma pessoa: ele. (@rosana)

A profissional você paga para ir embora depois. (@ticomiah)

Prazer de homem bem-dotado não é comer as amigas, mas mijar na frente dos inimigos. (@ulissesmattos)

As mulheres têm a caverna de onde saímos e o controle pra onde voltamos. (@ticomiah)

Os três estados da matéria segundo os homens: mulher, cerveja e futebol. (@rosana)

Quando é que a mulher casada fica com muito tesão? Só quando o marido não está nem um pouco a fim. (@LeoJaime)

Vocês sabem que usar blusa sem sutiã aprisiona os olhos? (@ticomiah)

Mulher gosta de homem com pegada. Pricipalmente na praia, pra poder monitorar aonde ele tá indo. (@ulissesmattos)

Não é que as mulheres gostem de brigar. É que elas adoram fazer as pazes. (@LeoJaime)

Mulher respeita as putas profissionais. O que as mulheres odeiam são as putinhas oportunistas. (@rosana)

Elas se casam achando que eles vão mudar. Não mudam. Eles se casam achando que elas não vão mudar. Elas mudam. (@LeoJaime)

Ser dona de casa hoje é vanguarda. (@ticomiah)

Sexo selvagem é transar com mulher de TPM. (@aperteoalt)

Chega de mulheres plastificadas, com voz de adolescente na puberdade. Quero celulites administráveis e peitos naturais. (@ticomiah)

Enquanto no sex shop os homens compram bonecas infláveis, as mulheres compram só a parte que interessa. (@fernandalizardo)

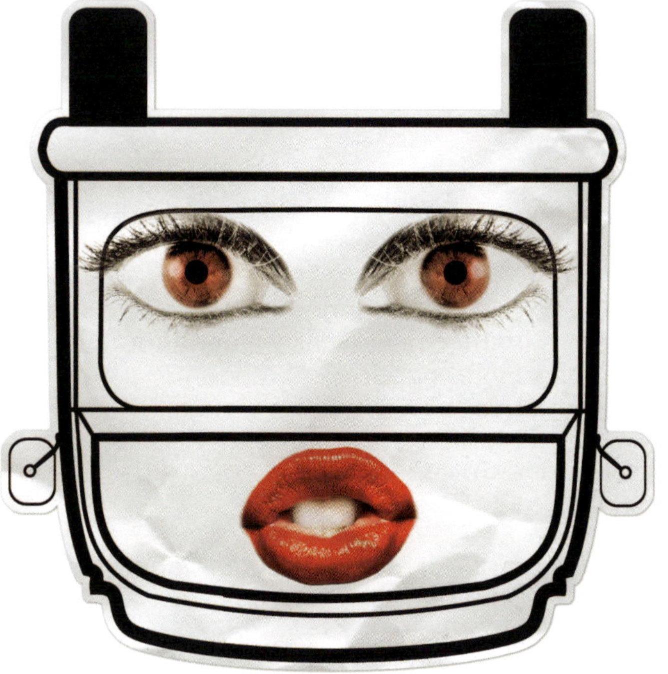

Sexo.
1. Conjunto de características que, nos seres humanos, nos animais e nas plantas, distinguem o sistema reprodutor, seus contrastes e suas interações (sexo fem./masc.).

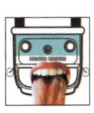

Na_Kombi

Entrelinhas: As que têm vagina fazem amor. As que têm xoxota, transam e de vez em quando trepam. As que têm boceta fodem pra caralho. (@LeoJaime)

Tem cara que acha que se fizer sexo com outro como ativo, não é gay. Nada a ver. Já dizia o ditado: você é o que você come. (@ulissesmattos)

A posição mais adotada entre casados é a "cachorrinho": o homem senta e implora e a mulher deita e se finge de morta. (@fernandalizardo)

Sabe o que o padre faz quando a criança chora? Passa mais KY. (@faustosalvadori)

Não entendo sadomasoquismo. Qual é o raciocínio dessa gente? "Sexo é bom. Será que melhora se tiver alguém pisando na minha cara?" (@ronaldrios)

Por mais que a mulher seja legal, bastam 10 minutos embaixo de um gordo para ela ficar chata. (@silviolach)

"Ai, não, para!" - "Ai, não para!" Com o novo acordo ortográfico, a diferença entre estupro e tesão fica por uma vírgula. (@fernandalizardo)

Como diz um amigo: "Uma mulher realizada é a que tem hipoglós na bolsa". (@LeoJaime)

Alegria de homem necrófilo é não ter de mandar flores no dia seguinte. Até porque a parceira já ganhou flores de montão. (@fernandalizardo)

SAC do SEX SHOP ORGASMO: "Desculpa, mas pelo visto a senhora só leu o manual do produto até a introdução". (@silviolach)

Drácula só faz sexo oral na mulher dele a cada 28 dias. (@fernandalizardo)

O problema não é a mulher ser infiel. O problema é voltar com cara de mal amada. (@silviolach)

O motel parece que foi projetado para sacanear os gordos. Subir aquela escada e trepar no mesmo dia é quase impossível. (@silviolach)

Nada me tira da cabeça que foi banana a fruta que Adão e Eva pegaram no Éden. Mas o revisor da Bíblia mudou para maçã. (@ulissesmattos)

Gordo não namora, dá um amasso. (@silviolach)

O dicionário é o único lugar onde o sexo vem antes do tesão. Mas vem coladinho... (@LeoJaime)

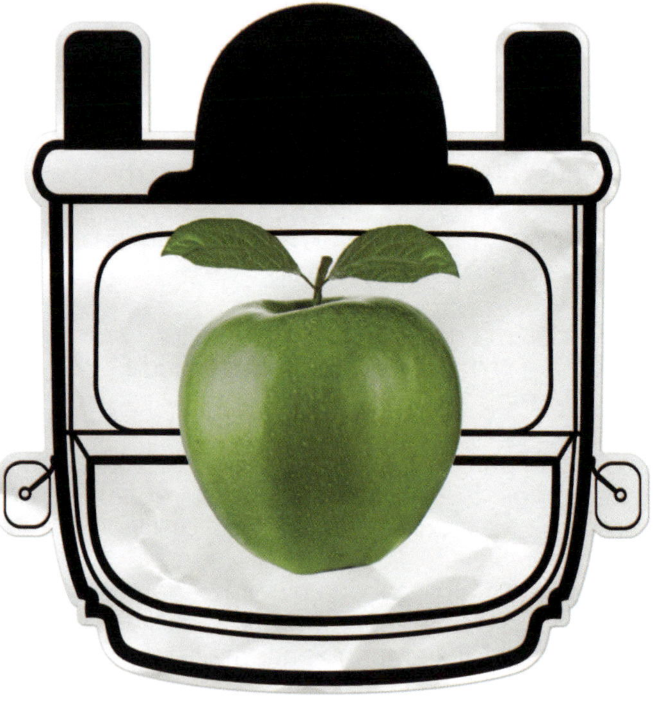

Natureza.
1. Todo o mundo material ao redor do homem e no qual ele está inserido, mas independente dele. 2. Conjunto composto pelos seres vivos e seus cenários originais

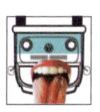

Na_Kombi

A chuva ácida ocorre quando São Pedro usa LSD. (@alexpaim)

O raio está para os humanos, assim como o Rider está para as baratas. (@silviolach)

Os tsunamis invadem a terra sem pedir licença, vão entrando e levando tudo, é a maior gritaria. É o MST da Natureza. (@microcomicas)

Só o que nosso instinto de preservação faz hoje em dia é nos lembrar de dar "save" nos documentos de vez em quando. (@aperteoalt)

Dê uma chance à alimentação natural. Só coma vegetarianas. (@ulissesmattos)

O mundo não vai acabar. O máximo que pode acontecer é a natureza fazer um *recall* e exterminar com a espécie humana. (@silviolach)

"Quem vê assim, sério, nem desconfia. Mas no Natal saiu do armário. Todo enfeitado!", comentou o jequitibá sobre o pinheiro. (@microcomicas)

No fim do mundo, os oceanos vão dominar o planeta, não existirá mais água no mundo. Porra, decide né? (@alexpaim)

Tem dia mundial sem carro, dia disso, dia daquilo... Quando vão fazer o Dia sem Greenpeace? (@aperteoalt)

A natureza pode ser sábia, mas às vezes é indecisa. Vide o ornitorrinco. (@aperteoalt)

A natureza é rica. Pena que minha árvore genealógica não esteja incluída. (@microcomicas)

O homem tem complexo de Édipo com a mãe natureza. Vive querendo fodê-la. (@alexpaim)

O homem tira tanta onda com a cara da natureza, que a natureza resolveu tirar tsunami com a cara do homem. (@raphaelcrespo)

Agora só como comida natural. Bois são naturais, né? (@aperteoalt)

Cartazes e panfletos de papel, adesivos e faixas de plástico, tintas, carreatas. Lutar pela ecologia é bem antiecológico. (@microcomicas)

Se o vulcão se chama Eyjafjallajoekull, a Mãe Natureza é a Baby Consuelo. (@alexpaim)

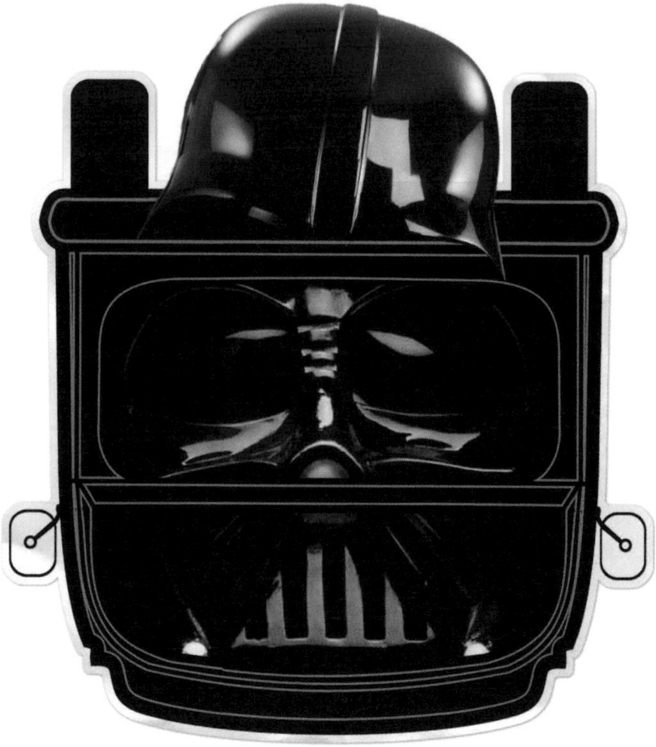

Morte.
1. Cessação definitiva da vida ou da existência:
A morte do pai o deixou sozinho no mundo.
2. O desaparecimento ou o fim de qualquer coisa

Na_Kombi

O importante quando o Galvão Bueno morrer é que principalmente ele faça um minuto de silêncio. (@silviolach)

"O que ele mais queria agora é que a gente continuasse tocando". Hum.. Não. O que o vocalista da tua banda mais queria agora era estar vivo. (@felipekusnitzki)

EPITÁFIO DO GATO: Morri. Vivi. Morri. Vivi. Morri. Vivi. Morri. Vivi. Morri. Vivi. Morri. Vivi. Morri. (@prosopopeio)

EPITÁFIO DE ATEU: Acabou. Tá olhando o quê? (@alexpaim)

EPITÁFIO DO JOGADOR: Futebol é um caixão de surpresas. (@silviolach)

EPITÁFIO DO FORREST GUMP: A morte é como uma caixa de madeira. (@viciadocarioca)

EPITÁFIO DE DEUS: Morri, mas levei todo mundo comigo. (@ulissesmattos)

Tem gente tão neurótica que já está mandando blindar o caixão. (@silviolach)

SAC do Além-Vida: Desculpe, mas no momento todos os nossos médiuns estão ocupados. (@viciadocarioca)

OS VERMES de dentro do caixão do Barrichelo – "Esse aqui veio muito passado. Acho que vou preferir massa".
(@silviolach)

OS VERMES de dentro do caixão do Wagner Montes – "Sacanagem, esse aqui só veio com uma coxa. Quero meu dinheiro de volta!"
(@silviolach)

OS VERMES de dentro do caixão do Jô Soares – "Não vou comer isso, não. Meu colesterol tá altaço". (@silviolach)

OS VERMES de dentro do caixão da Hebe – "Aí, alguém conferiu a data de validade?
(@silviolach)

OS VERMES de dentro do caixão do Rei Roberto Carlos – "Pode ficar com esse pé pra você, porque eu quebrei meu dente".
(@silviolach)

Últimas palavras de Angela Bismarck: "Tenho certeza que essa operação para esticar as canelas será um sucesso".
(@ulissesmattos)

ROOTS OF TEETH

Mãe.
1. Mulher que deu à luz e cria ou criou filho(s).
2. Fêmea de animal que deu cria, ou que cuida de filhote que não é seu

Na_Kombi

Mãe precoce sempre fica na dúvida: parto normal, parto cesárea ou parto pro aborto? (@fumantepassivo)

"Luke, I fucked your mother". (@ulissesmattos)

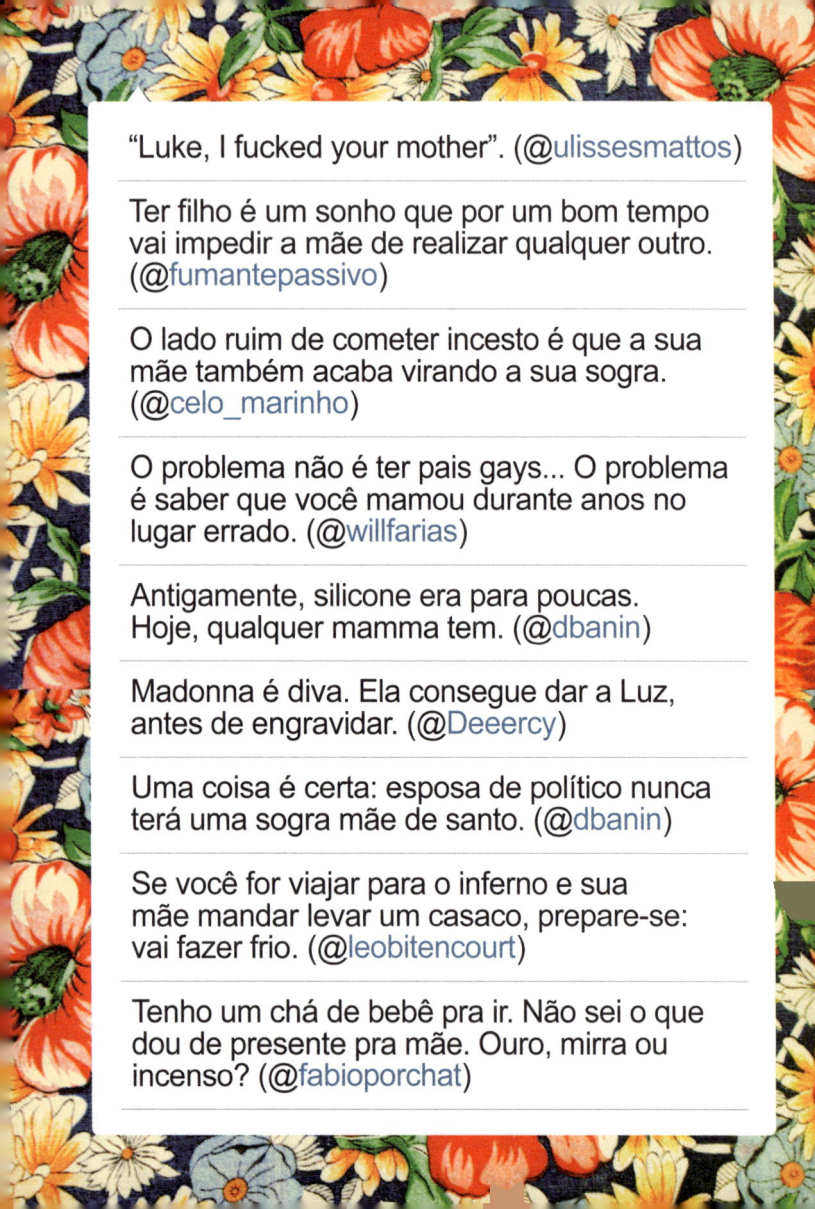

Ter filho é um sonho que por um bom tempo vai impedir a mãe de realizar qualquer outro. (@fumantepassivo)

O lado ruim de cometer incesto é que a sua mãe também acaba virando a sua sogra. (@celo_marinho)

O problema não é ter pais gays... O problema é saber que você mamou durante anos no lugar errado. (@willfarias)

Antigamente, silicone era para poucas. Hoje, qualquer mamma tem. (@dbanin)

Madonna é diva. Ela consegue dar a Luz, antes de engravidar. (@Deeercy)

Uma coisa é certa: esposa de político nunca terá uma sogra mãe de santo. (@dbanin)

Se você for viajar para o inferno e sua mãe mandar levar um casaco, prepare-se: vai fazer frio. (@leobitencourt)

Tenho um chá de bebê pra ir. Não sei o que dou de presente pra mãe. Ouro, mirra ou incenso? (@fabioporchat)

Saber onde estou e o que estou fazendo a cada cinco minutos? Me impressiona minha mãe não ter criado o Twitter e o Foursquare. (@prosopopeio)

Ter um bebê é lindo. Ter um bebebê é de se matar! (@silviolach)

Minha mãe já morreu. Podia ser pior, ela podia estar morando comigo. (@fabioporchat)

Ser mãe é uma droga. Quer ver? O pai é herói. A mãe é heroína. (@silviolach)

Meu filho, agora que você é grandinho posso contar de onde vêm os bebês. Sua irmã veio do padeiro, seu irmão do leiteiro... (@fabioporchat)

Aposto que a próxima geração de mães vai substituir cordão umbilical por alguma tecnologia wireless. (@ulissesmattos)

Passar 9 meses com 4 quilos na barriga não é pra qualquer um. Se eu passar 2 dias sem cagar já fico desesperado. (@microcomicas)

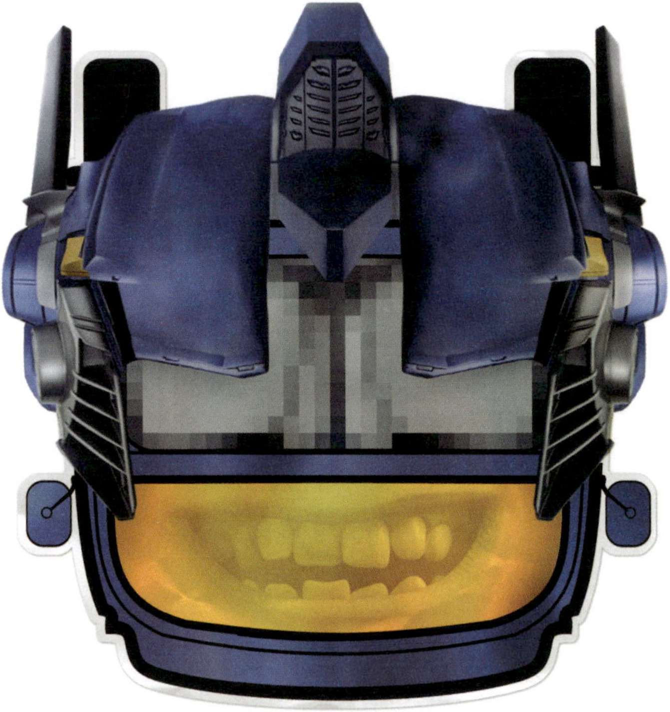

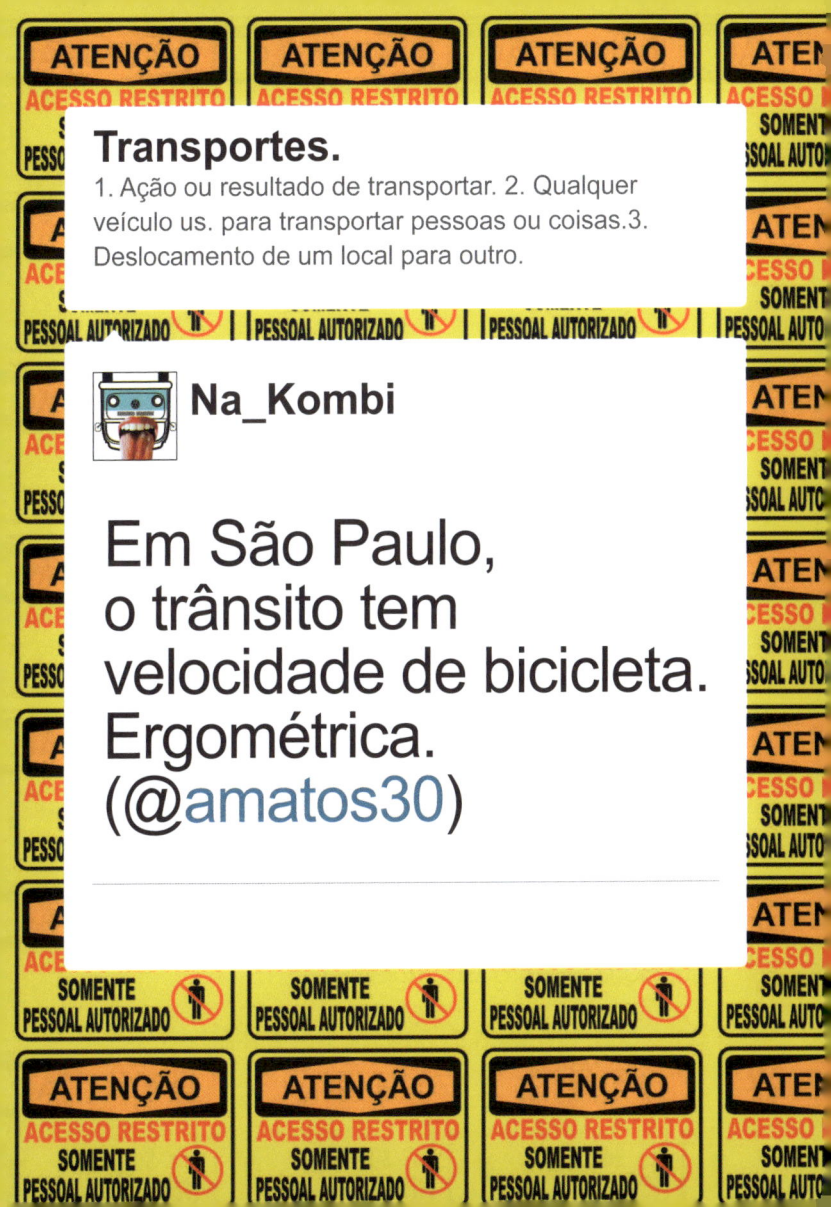

Transportes.
1. Ação ou resultado de transportar. 2. Qualquer veículo us. para transportar pessoas ou coisas. 3. Deslocamento de um local para outro.

Na_Kombi

Em São Paulo, o trânsito tem velocidade de bicicleta. Ergométrica. (@amatos30)

Plaquinha que eu gostaria de ver no ônibus: "Trocador, fale ao motorista somente o indispensável". (@ulissesmattos)

Não tenho medo de avião. Tenho medo de baranga. (@silviolach)

GPS em São Paulo agora vêm com descanso de tela. (@marcoscastro)

Se o freio falhar na ladeira, ABS. (@silviolach)

Não sei o que é pior: o tráfego das marginais em São Paulo ou o tráfico dos marginais no Rio. (@amatos30)

Lei Seca para carrinho de criança: "Se mamar, não dirija..." (@silviolach)

Adesivo de carro pro Rio: "Não sou teu tio, porra!" (@silviolach)

Ser popular é bom, a menos que você seja um carro. (@marcoscastro)

Transar no carro é bacana: enquanto um Ford, o outro GM. (@silviolach)

Lei Seca, pra mim, é não molhar a mão do guarda. (@silviolach)

A diferença entre ter uma Mercedes na garagem e ter uma Mercedes na cama é que geralmente a última custa mais. (@amatos30)

Se beber, não dirija. Não é à toa que o Johnny é Walker. (@silviolach)

A cada queda de avião, morrem cerca de três aeromoças e as chances de milhares de fetichistas. (@ulissesmattos)

Esquisito mesmo é ligar pra Sul América e perguntar pra moça se ela pode segurar o meu Picasso. (@silviolach)

Quando vejo marcas nas paredes de estacionamentos, me orgulho das mulheres que desafiaram a sociedade e passaram a dirigir. (@ulissesmattos)

Duas coisas que eu não gosto de ver engarrafado: trânsito e Nova Schin. (@marcoscastro)

Se não pode beber no trânsito, por que o guardinha pede sempre uma cerveja. (@silviolach)

Se carro fosse bom para transar, vinha com retrovisor no teto. (@microcomicas)

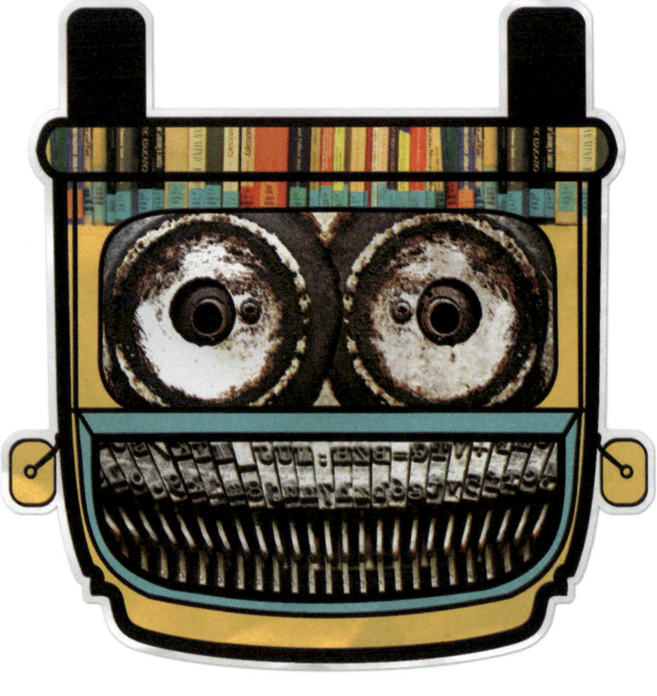

Jornalismo.
1. Atividade profissional de levantamento, apuração e transmissão de notícias e comentários através de diversos meios de comunicação.

Na_Kombi

Do jeito que tá o Rio, só o Clark Kent e o Peter Parker pra fazer a cobertura. (@aperteoalt)

Veja, Isto não é uma Época Superinteressante para as revistas. (@silviolach)

O iPad e o Kindle não vão substituir o jornal. Não dá para limpar a bunda com eles. (@ulissesmattos)

No Rio, Jornal do Brasil e O Globo. Em São Paulo, Folha de S. Paulo e Estado de São Paulo. Até no nome dos jornais, São Paulo só pensa em si. (@silviolach)

"Jornalismo verdade"? Já começou mentindo... (@prosopopeio)

Alguns jornalistas são tão vendidos que deviam ser julgados por informação de quadrilha. (@silviolach)

TV Fama não é fofoca. É jornalismo investigativo da vida alheia. (@prosopopeio)

Revendo os debates de 1989, chego a duas conclusões: Maluf sempre foi ladrão e o Boris Casoy sempre foi velho. (@tiodino)

Qual é a salvação do jornalismo? O iPad ou uma catástrofe por semana? (@ulissesmattos)

Quando eu era criança, tinha mais medo do Plantão da Globo que do bicho-papão. (@tiodino)

Do jeito que os ecologistas andam fanáticos, vão querer impedir até os jornais de usarem focas. (@aperteoalt)

Em breve, os cadernos de Economia vão ter que cobrir a falência dos próprios jornais. (@silviolach)

Depois da onda dos jornais gratuitos, vem aí a onda de jornalistas praticamente gratuitos. (@ulissesmattos)

Com as chuvas no Rio, a gente não pode se queixar dos portais de notícias. O Terra tá cobrindo tudo. (@deeercy)

Os jornais não enrolam só a gente. Enrolam peixes também. (@silviolach)

Jornalismo é um trabalho em equipe.
Por exemplo: o dia em que o Google sai do ar, nenhuma redação funciona.
(@deeercy)

O jornalismo é uma profissão que finalmente está saindo do papel. (@silviolach)

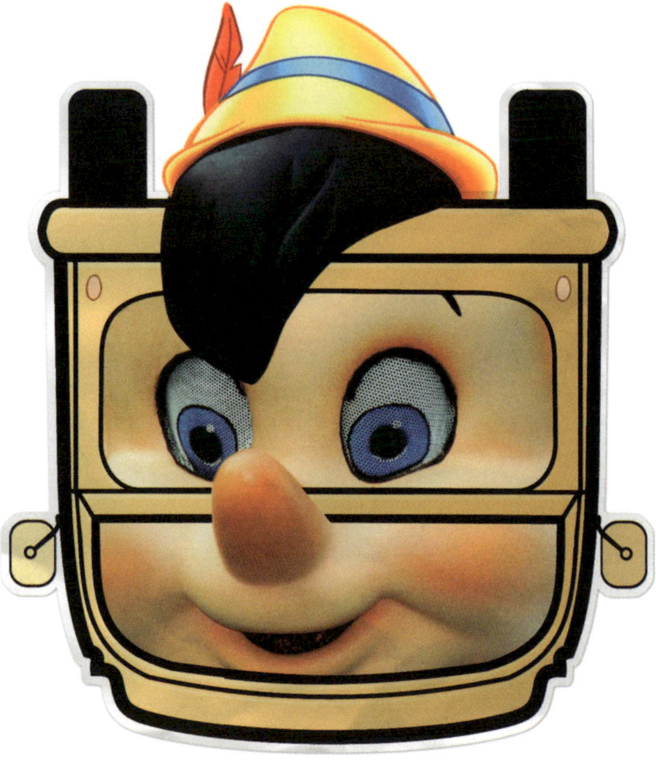

1º de abril.

Dia da mentira. Mentira.1. Ação ou resultado de mentir. 2. Afirmação que não corresponde à verdade feita com a intenção de enganar; FALSIDADE; FRAUDE

Na_Kombi

As mulheres mentem em anos, os homens em centímetros.
(@microcontoscos)

Quem acha difícil sustentar uma mentira, nunca teve uma ex-mulher. (@aperteoalt)

Mulheres mentem que gozaram. Homens gozam que mentiram. (@silviolach)

Quem mente, é pego na curva.
Isso explica Brasilia, com suas retas.
(@ChicoLucchini)

No dia 1º de abril, os orgasmos fingidos são muito mais intensos. (@ulissesmattos)

Começou uma frase com "veja bem", o sujeito vai mentir! (@ChicoLucchini)

As maiores mentiras são aquelas que não são ditas: água oxigenada, silicone e escova progressiva. (@microcontoscos)

Silicone é a mentira em mililitros.
(@ChicoLucchini)

Nunca faça cocô na praia achando que ninguém vai descobrir que foi você.
A verdade sempre vem à tona.
(@fumantepassivo)

Em quase todo casamento, o casal mente.
(@silviolach)

E disse o Senhor a Abraão que não precisava sacrificar Isaac. Nascia a primeira pegadinha do Mallandro. Rá! (@microcontoscos)

Se a cada mentira o que crescesse fosse o pau, não o nariz, em um mês, metade das coisas que os homens falam seria verdade. (@silviolach)

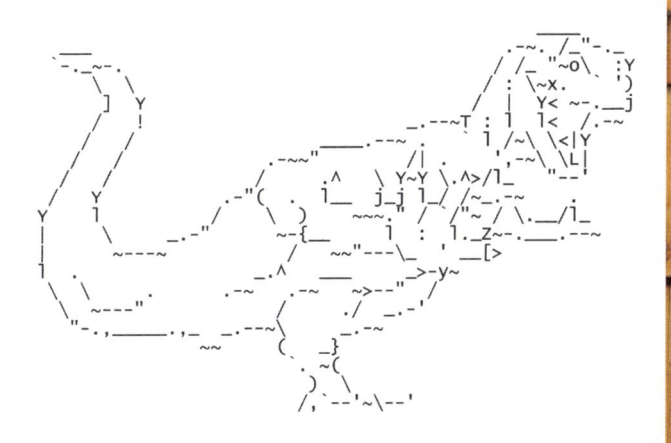

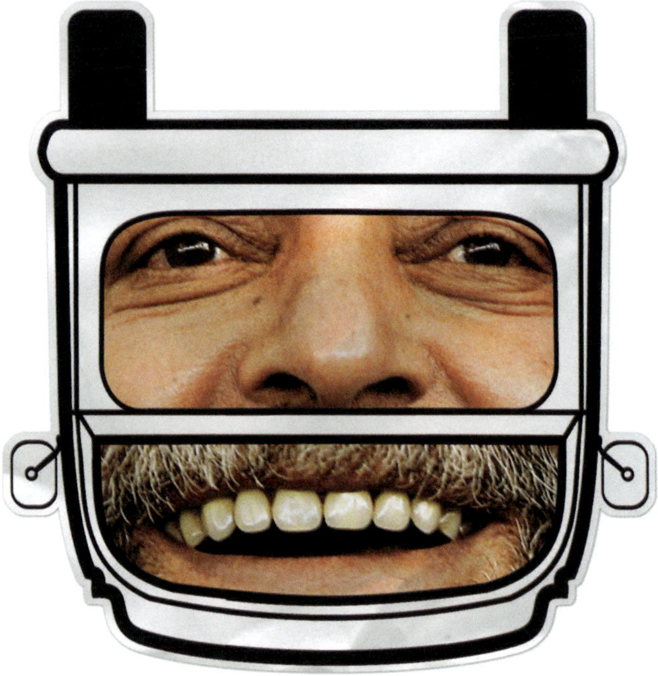

Trabalho.
1. Emprego da força física ou intelectual para realizar alguma coisa. 2. Aplicação dessas forças como ocupação profissional: Seu trabalho é de xxxxxxxxx. Rsrs.

Na_Kombi

Ralo muito aqui no trabalho. Ontem mesmo, deu 6 da tarde e eu já tinha ralado. (@microcomicas)

No mundo artístico, você não fica desempregado. Fica estudando propostas. (@ulissesmattos)

O "passa no departamento pessoal" é o "vai pra puta que pariu" na linguagem empresarial. (@silviolach)

Meu chefe é tão burro que a minha carteira foi assinada com a digital dele. (@silviolach)

O trabalho enobrece o homem. A mulher empobrece. (@jotapelopes)

"Currículo" é uma palavra muito esquisita: parece que tem alguém rindo no meio de dois cus. (@silviolach)

O número do Partido dos Trabalhadores é 13. Isso é que é contar com o 13º salário. (@ulissesmattos)

Marx disse que o trabalho dignifica o homem porque nunca teve que lavar uma privada. (@prosopopeio)

O patrão paga o salário. A patroa gasta. (@silviolach)

Vai procurar trabalho numa agência de atores pornô? Aqui vai uma dica: seja sempre o último da fila. (@alexandremedina)

Esse maldito trabalho está acabando com a minha família: já perdi 10 avós, 4 mães, 5 pais, 8 tios... (@silviolach)

Coitado do contorcionista, que recebe o mesmo salário mesmo trabalhando dobrado. (@alexandremedina)

Aposentadoria acaba com "ria" porque o que a gente ganha é uma piada. (@silviolach)

A gente nasce de um trabalho de parto e vive pensando em partir do trabalho. (@ulissesmattos)

O homem nasce bom. A sociedade na empresa é que o corrompe. (@silviolach)

Pros trabalhadores, CUT é sindicato. Para os patrões, CUT é fazer um corte de trabalhadores. (@silviolach)

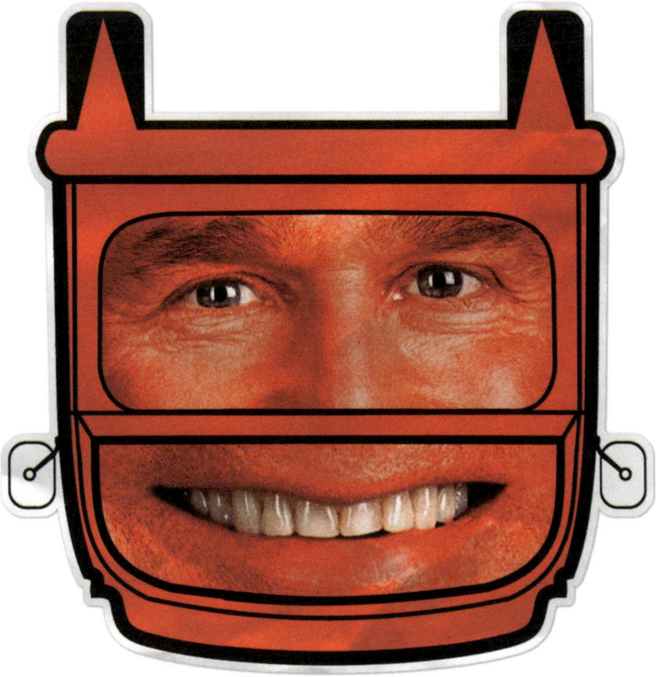

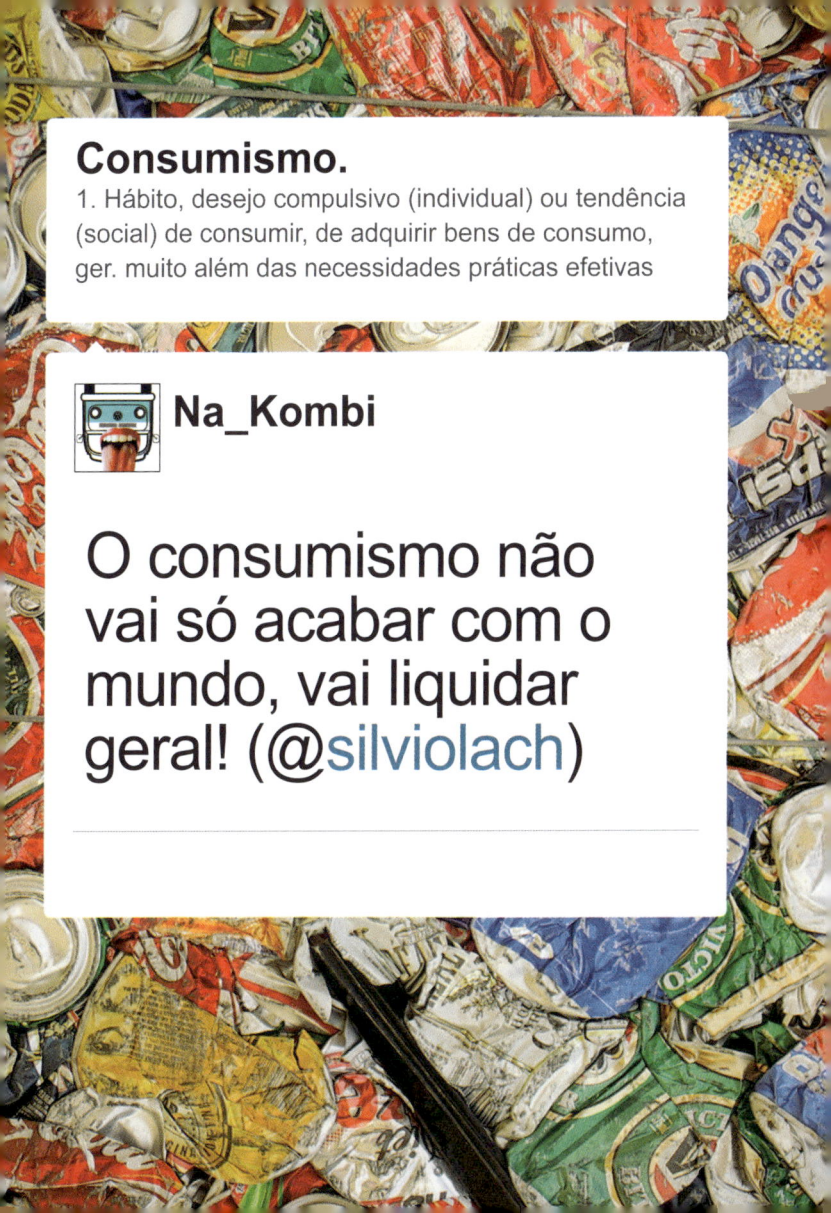

Consumismo.
1. Hábito, desejo compulsivo (individual) ou tendência (social) de consumir, de adquirir bens de consumo, ger. muito além das necessidades práticas efetivas

Na_Kombi

O consumismo não vai só acabar com o mundo, vai liquidar geral! (@silviolach)

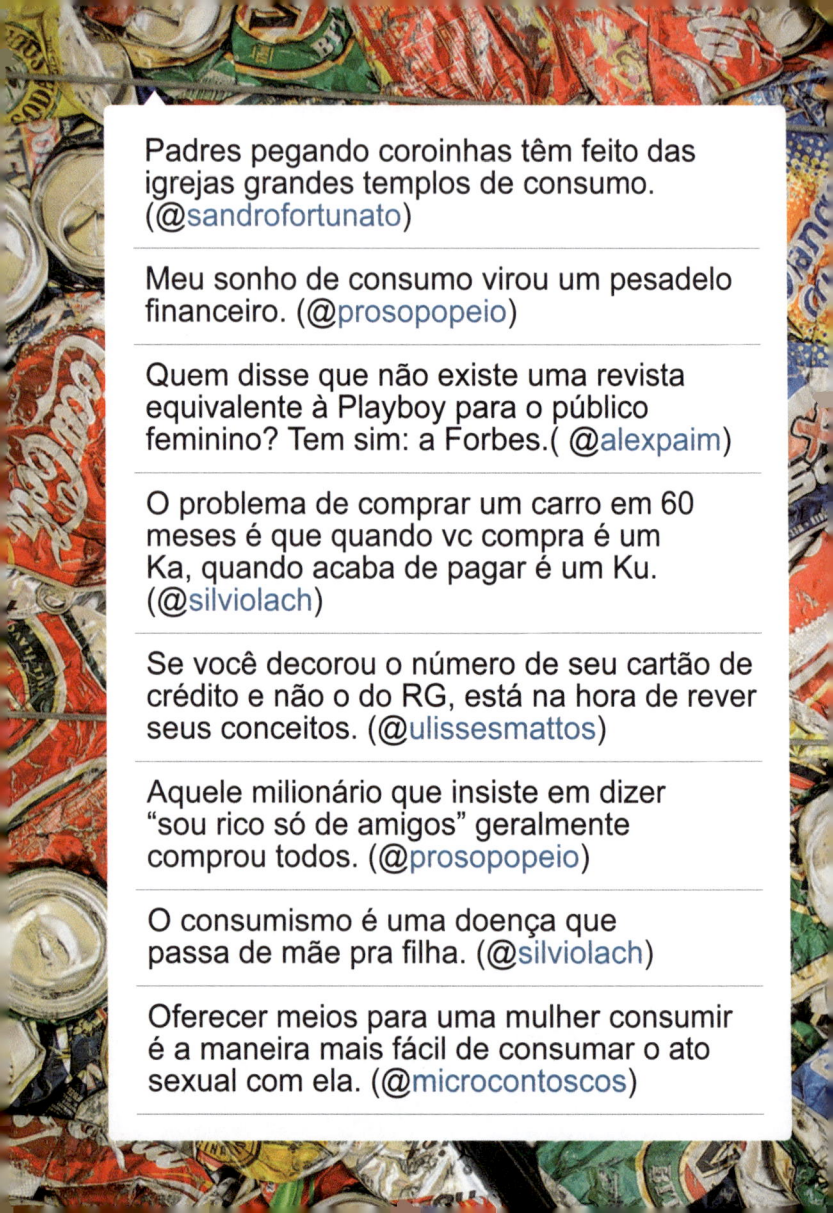

Padres pegando coroinhas têm feito das igrejas grandes templos de consumo. (@sandrofortunato)

Meu sonho de consumo virou um pesadelo financeiro. (@prosopopeio)

Quem disse que não existe uma revista equivalente à Playboy para o público feminino? Tem sim: a Forbes.(@alexpaim)

O problema de comprar um carro em 60 meses é que quando vc compra é um Ka, quando acaba de pagar é um Ku. (@silviolach)

Se você decorou o número de seu cartão de crédito e não o do RG, está na hora de rever seus conceitos. (@ulissesmattos)

Aquele milionário que insiste em dizer "sou rico só de amigos" geralmente comprou todos. (@prosopopeio)

O consumismo é uma doença que passa de mãe pra filha. (@silviolach)

Oferecer meios para uma mulher consumir é a maneira mais fácil de consumar o ato sexual com ela. (@microcontoscos)

Queria muito conhecer o armário do Eike Batista. Quando ele era casado com a Luma. (@cardosofabio)

O consumismo jogou uma pá de Karl no comunismo. (@sandrofortunato)

Grandes Perguntas da Humanidade: débito ou crédito? (@silviolach)

No dia que eu comprar uma TV 3D, vão lançar a TV holográfica, só pra eu ficar defasado de novo. (@ulissesmattos)

O consumismo é o *serial-killer* da natureza. (@silviolach)

De graça nos EUA, nem o Dia de Ação. (@cardosofabio)

A verdade é que as mulheres do anúncio da cerveja só ficarão contigo se consumirem muito do produto. (@ulissesmattos)

Não entendo. Combinei com a patroa que seríamos menos consumistas. Parei de comprar Viagra, mas ela gasta muito com pilhas. (@sociedadejm)

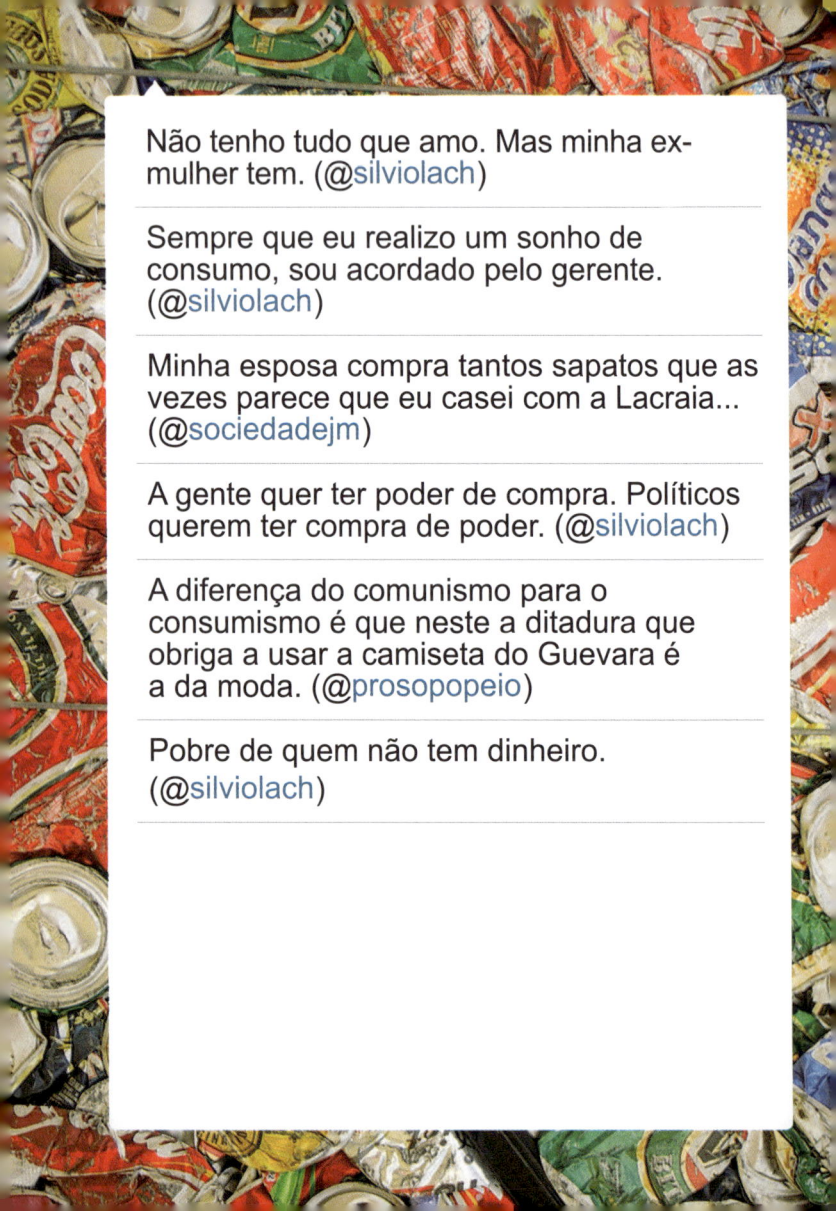

Não tenho tudo que amo. Mas minha ex-mulher tem. (@silviolach)

Sempre que eu realizo um sonho de consumo, sou acordado pelo gerente. (@silviolach)

Minha esposa compra tantos sapatos que as vezes parece que eu casei com a Lacraia... (@sociedadejm)

A gente quer ter poder de compra. Políticos querem ter compra de poder. (@silviolach)

A diferença do comunismo para o consumismo é que neste a ditadura que obriga a usar a camiseta do Guevara é a da moda. (@prosopopeio)

Pobre de quem não tem dinheiro. (@silviolach)

```
             _/~_/ / ~\
            | | | | /\ ~\
           _\)))))/ ;;;\
          ///(o)( _/~;;;
         (((_/\__)__
        ))--`,'--((   ;,8  \
        ((\   |   /))  .,88         : :
         )|  ~-~  |(| (888;  .:    ' :
         |\ -===- /|    \8;;     .'  :
         |_~-___-~_|          _-\.  _
         ;  ~~~~;~~             "  ---_`
            ;     ;
            ;     ;
         :     ;
            ;     ;
          ;     ;

              ;
```

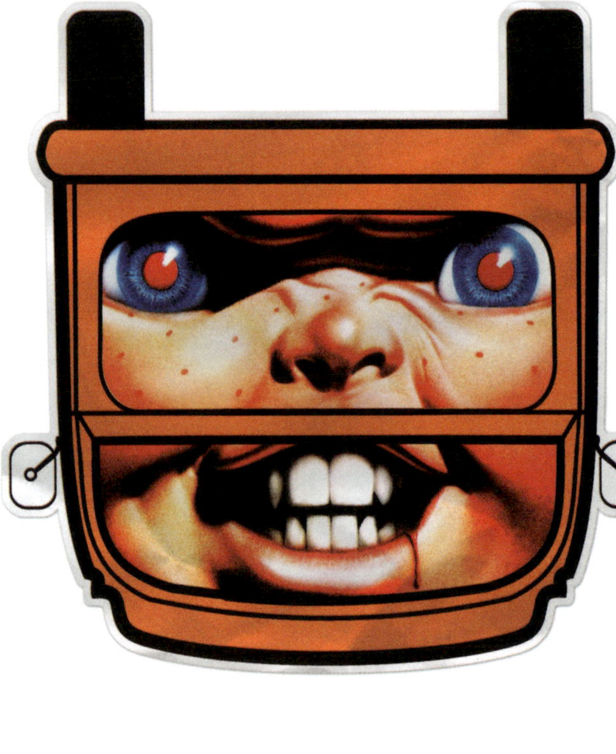

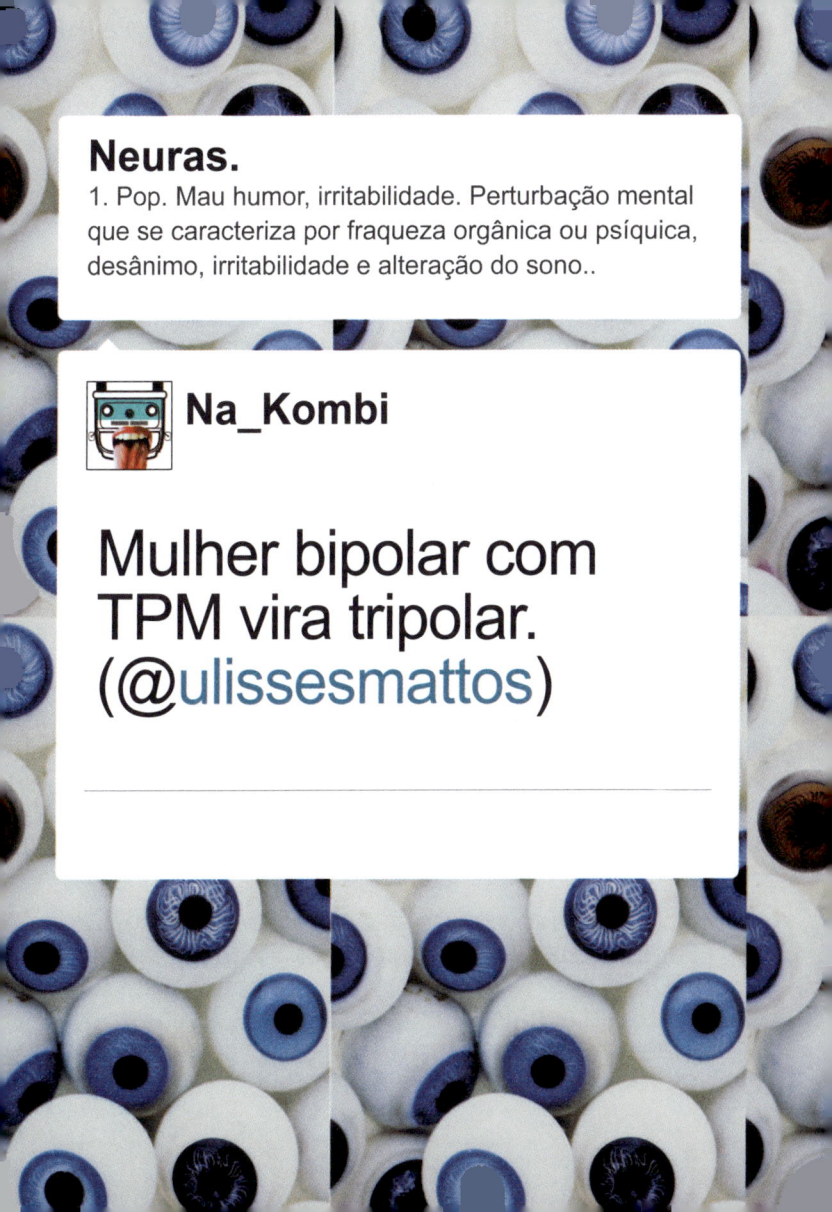

Neuras.
1. Pop. Mau humor, irritabilidade. Perturbação mental que se caracteriza por fraqueza orgânica ou psíquica, desânimo, irritabilidade e alteração do sono..

Na_Kombi

Mulher bipolar com TPM vira tripolar. (@ulissesmattos)

Descobri que eu tenho TOC. Toda vez que assisto ao *Sexy Time*, abaixo minha calças. (@retortorelli)

A minha conta do banco está ficando esquizofrênica. Não tem mais a menor ideia do que é Real. (@silviolach)

Sacanagem. Meu amigo imaginário fugiu com a garota dos meus sonhos. (@alexpaim)

A gente sabe que a Humanidade tá perdida quando se toca que até a Terra é bipolar. (@aperteoalt)

No fundo, o Charles Manson é gente boa. No fundo de um poço, cercado de crocodilos, por exemplo. (@EdsonAran)

Acho que ter uma namorada bipolar é o mais próximo que eu chegarei de um *ménage à trois*. (@sociedadejm)

Por que o esquizofrênico atravessou a rua? Pra ver se ele estava do outro lado. (@EdsonAran)

Antes eu achava que tinha baixa autoestima, mas hoje vejo que um merda como eu não mereceria ter isso. (@retortorelli)

Meu filho tem amigos imaginários. Eu tenho amigos virtuais. Quase a mesma coisa. (@ulissesmattos)

Um em cada dois esquizofrênicos são três. (@EdsonAran)

As mulheres acham que todo homem sofre de déficit de atenção. (@ulissesmattos)

A bipolaridade é uma doença que passa de você para si. (@amatos30)

Se a expressão "Você é o que você come" for correta, explica o motivo pelo qual o Michael Jackson sofria de Síndrome de Peter Pan. (@retortorelli)

Traiu a mulher? Não se aflija. Diga que tem vício em sexo, se interne e vire vítima. (@ulissesmattos)

Édipo foi o único homem fiel. Não por ser melhor que os outros, mas por falta de opção. Afinal, mãe só tem uma. (@retortorelli)

Era um escritor tão neurótico que todas as histórias que escrevia eram crônicas. (@silviolach)

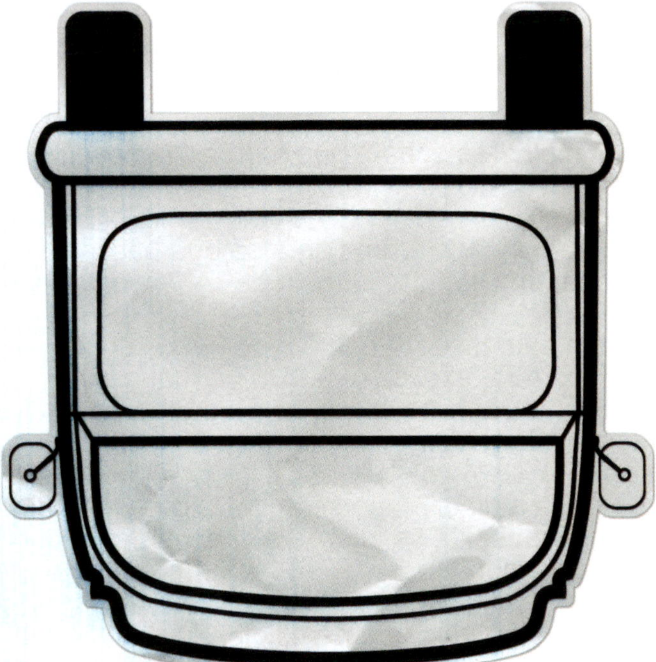

Nada.
1. Coisa nenhuma, coisa alguma. O não existente, a não existência, o vazio. 2. O não-ser, o oposto ao ser, em vários graus e significados. 3. Coisa insignificante.

Na_Kombi

O nada é aquela puta ideia depois de passar por dez burocratas. (@silviolach)

"Só sei que nada sei", disse Sócrates. Grandes merdas. Isso a Carla Perez poderia ter dito. (@alexpaim)

Sartre era um visionário. Escreveu *O ser e o nada* antes de criarem o BBB. (@ulissesmattos)

Sempre que o marido jura que não fez nada é porque fez juras pra outra. (@silviolach)

Nada a ver é um albino na neve, correndo pelado e tuitando num Mac. (@tiodino)

No nada consta de alguns políticos consta tudo. (@prosopopeio)

Só levo a sério a expressão "nada como um dia após o outro" se esse outro dia não for uma segunda-feira. (@tiodino)

O nada é um conjunto vazio, entende? Algo como o NX Zero. (@silviolach)

Se sua mulher responde que não tem "nada", é porque tem muita coisa. (@aperteoalt)

Meu chefe diz que eu nunca faço nada. É que eu gosto tanto do meu trabalho que poderia ficar olhando pra ele o dia todo. (@piangers)

Não espero nada das pessoas. Assim as chances delas me surpreenderem são um pouco maiores. (@tiodino)

Gastei R$ 300 numa consulta e o médico disse que eu não tinha nada. Errou! Se eu tivesse nada, seria bom. Agora tenho menos R$ 300. (@silviolach)

"Porra nenhuma" é mesma coisa que "nada a ejacular". (@prosopopeio)

Um nada com grana é foda. Um foda sem grana é nada. (@silviolach)

"Não é nada do que você está pensando", em geral, é. (@aperteoalt)

Todo preconceituoso começa um discurso com "nada contra...". (@tiodino)

A moda agora é ter nada no intestino. (@ulissesmattos)

BBBs são celebridades que surgem do nada. Tempos depois voltam pra lá. (@tiodino)

O nada absoluto #12: um político honesto explicando Lost dentro do cérebro da Carla Perez. (@piangers)

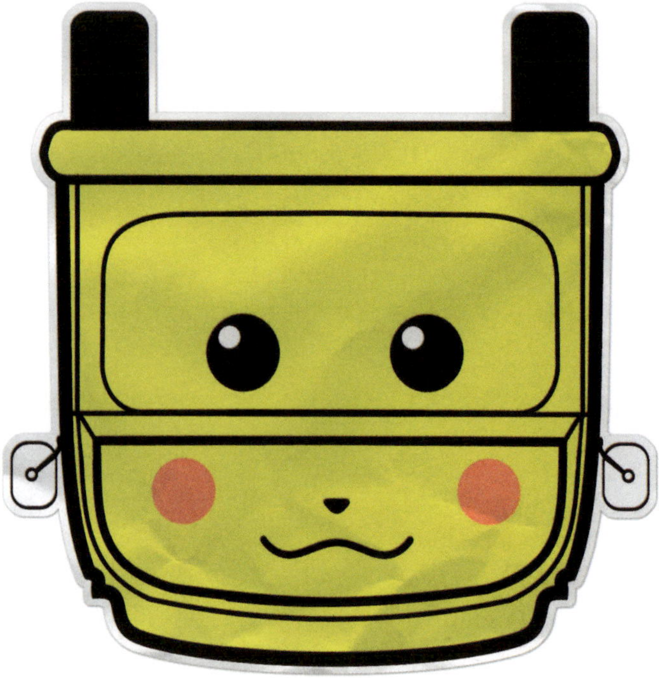

Carnaval.
1. Período de três dias anteriores à quarta-feira de cinzas, dedicado a festas e folias; ENTRUDO
2. Conjunto de festejos que ocorrem nesses três dias.

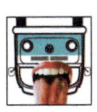

Na_Kombi

Axé faça-você-mesmo: junte "ferveção" + "coração" + "paixão" + "emoção" + nome da banda e deixe pular por 60 min. (@aperteoalt)

O maior bloco do país concentra em São Paulo, na JK, e desfila pela Imigrantes até o litoral. Tem uns 400 mil carros alegóricos. (@megantonio)

Deus não dá asa a cobras mas dá microfone a cantor de axé. (@amatos30)

Se a ala das baianas fosse composta por baianas de verdade, em vez de desfilar, elas estariam em casa descansando. (@edbertodutra)

Isso que é injustiça: 4 dias de carnaval e apenas 361 pra se recuperar dele. (@edbertodutra)

Do jeito que as coisas vão, daqui a pouco vai ter tapa-sexo da marca O.B. (@ulissesmattos)

O cúmulo da paciência no carnaval é limpar a bunda com confete. (@edbertodutra)

Carnaval já foi uma festa familiar, sem baixaria e mulheres nuas. Ainda bem que eu não era vivo nessa época. (@edbertodutra)

A Bahia é linda, Caetano é lindo, Chiclete com banana é lindo, Maria Bethania é ótima cantora. (@megantonio)

Quando alguém diz que te conhece de outros carnavais, a chance de ter havido algo constrangedor é enorme. (@edbertodutra)

Como é o processo de seleção de fiscais de mijões no carnaval carioca? Tem prova pra manja-rola? (@ulissesmattos)

Engraçados os dias de carnaval. Tem gente que recorda marchinha de 50 anos mas não lembra o que fez na noite anterior. (@edbertodutra)

No carnaval, "maldita inclusão digital" é dedada que o folião leva na muvuca do bloco. (@prosopopeio)

Se o tapa-sexo da foliã que você pegou for uma cueca, desconfie. (@edbertodutra)

Acho que vai chegar o dia em que a Beija-Flor vai fazer um samba-enredo com a letra 100% em tupi-guarani. (@megantonio)

Neste carnaval, estou pensando em sair fantasiado de solteiro. (@ulissesmattos)

Ex-BBB é que nem mamilo de passista: aparece, chama atenção e some o resto do ano. (@amatos30)

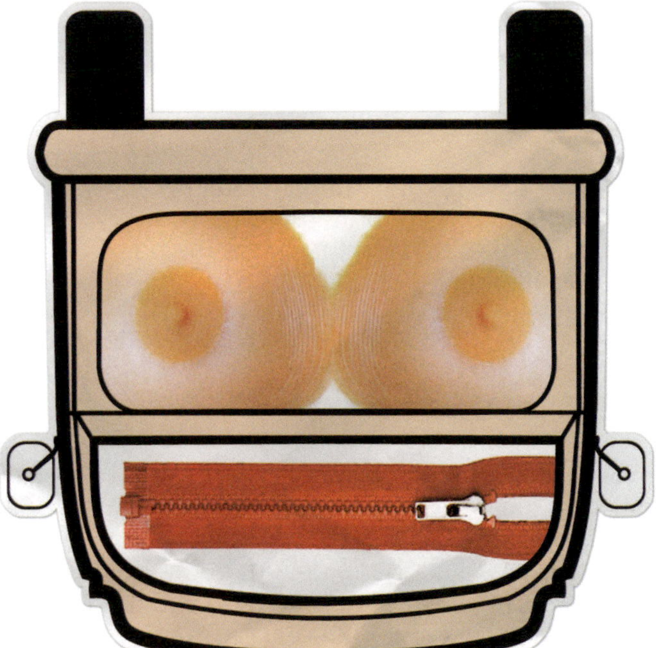

Fetiche.
1. Mit. Oct. Objeto ao qual se atribuem poderes sobrenaturais ou mágicos e se presta culto; ÍDOLO; FEITIÇO

Na_Kombi

Tem uns caras que têm fetiche em grávidas só para poderem ver barrigas maiores que as suas. (@ulissesmattos)

A posição frango assado, com mulheres que colocaram muito silicone, vira posição chester. (@silviolach)

O cara era tão *voyeur* que ao flagrar a mulher dando pro melhor amigo ficou espiando antes de matar os dois. (@microcontoscos)

Meu namorado é tarado por lingerie. O problema é que eu broxo quando vejo ele de fio dental. (@deeercy)

Orgia de nerd é ligar vários computadores cada um em um site pornô diferente. (@microcontoscos)

O fetiche dos super-heróis é transar sem uniforme. (@ulissesmattos)

FETICHES INCOERENTES: Comer idosas com leite Moça. (@silviolach)

Masturbação é o sexo com manual. (@silviolach)

Quem está na chuva dourada é para se molhar (@fernandalizardo)

Dormir em camas separadas não é fetiche. É beliche. (@silviolach)

Usar fio dental na bunda é fácil, quero ver é usar pasta de dente lá. (@microcontoscos)

Meu amigo pão-duro tem fetiche em bater em prostituta. Ele não para enquanto ela não devolve o dinheiro (@fernandalizardo)

A liberdade sexual chegou a tal ponto que fetiche hoje em dia é fazer papai e mamãe. (@microcontoscos)

Se o seu fetiche lhe parece muito distante, lembre que o álcool é o Photoshop da realidade. (@prosopopeio)

Antigamente, abríamos a lingerie pra ver a bunda. Hoje temos que abrir a bunda pra ver a lingerie. (@AlexandreMedina)

Dica para que curte um sexo ardente: Usar álcool gel em vez de KY. (@microcontoscos)

Sempre tive fetiche por aeromoças da Gol. Mas sempre bateu na trave. (@silviolach)

Minha fantasia é ver minha dentista usando fio dental. (@microcontoscos)

O fetiche do bebum é transar sempre com duas mulheres. (@silviolach)

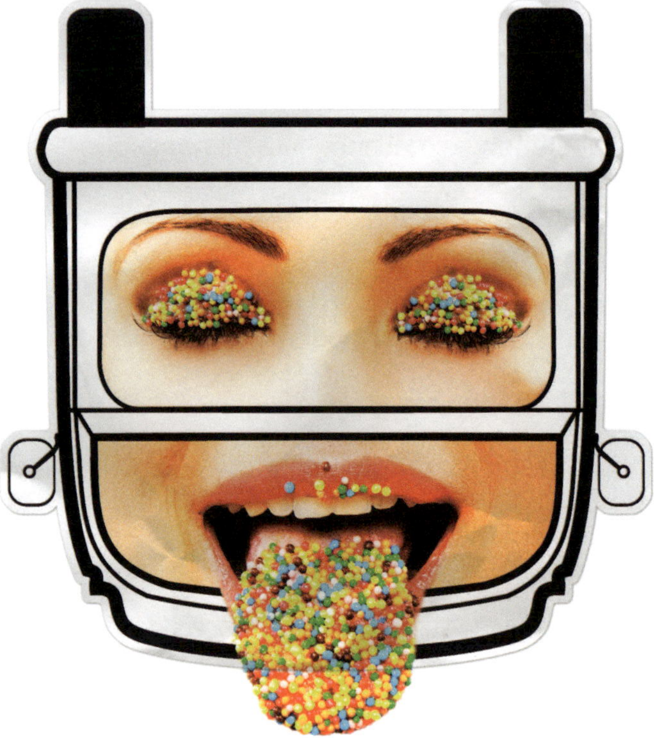

Comida.
1. O que é próprio para se comer; o que se come
2. Refeição, esp. almoço ou jantar: Afinal chegara a hora da comida.

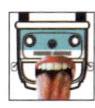

Na_Kombi

Ou você é vegetariano ou monogâmico. É impossível negar mais de uma natureza do homem. (@ulissesmattos)

Tem gente que não gosta de ver os olhos do bicho que vai comer. Bobagem. Ele vai te conhecer por dentro mesmo. (@LeoJaime)

A pipoca pula tanto pra ficar pronta que não consigo entender como é que não emagrece. (@silviolach)

Não importa o número da promoção que você pede no McDonalds. Sempre termina no número 2. (@aperteoalt)

Se você tem confiança de que vai ficar rico um dia, quero ver começar a comer lesma desde já. (@ulissesmattos)

O gordo é o tipo de pessoa que esta sempre em estado de coma. (@silviolach)

Só queria a receita do Eike Batista pra fazer tutu. (@silviolach)

Cupim ao molho madeira é um prato que tem tudo pra dar merda. (@silviolach)

Meu teclado já recebeu mais comida do que muitas crianças da África. (@ulissesmattos)

Se você paga R$ 40 numa pizza, não é ela que é portuguesa. É você. (@silviolach)

É mentira que coreanos comem cachorro. Senão o cão Vincent já teria sumido de Lost na primeira temporada. (@ulissesmattos)

Numa dieta, o importante é saber separar o shoyu do trigo, e comer o pouco que yakissoba! (@Deeercy)

A expectativa de vida crescerá em escala absurdamente maior no dia que inventarem verduras com gosto de bacon. (@leobitencourt)

São Paulo Fashion Week parece rodízio. Não para de passar espeto. (@silviolach)

Quando a mulher aprende a cozinhar, já pode casar. Quando é o homem, já pode se divorciar. (@ulissesmattos)

O único jeito do gordo comer uma gatinha é encarando um churrasquinho na porta do Maracanã. (@silviolach)

A banana-split só existe por causa da psicanálise. Uma banana e três bolas é muito simbolismo junto. (@LeoJaime)

Podemos dizer que o vegetariano é um contra-filé? (@microcontoscos)

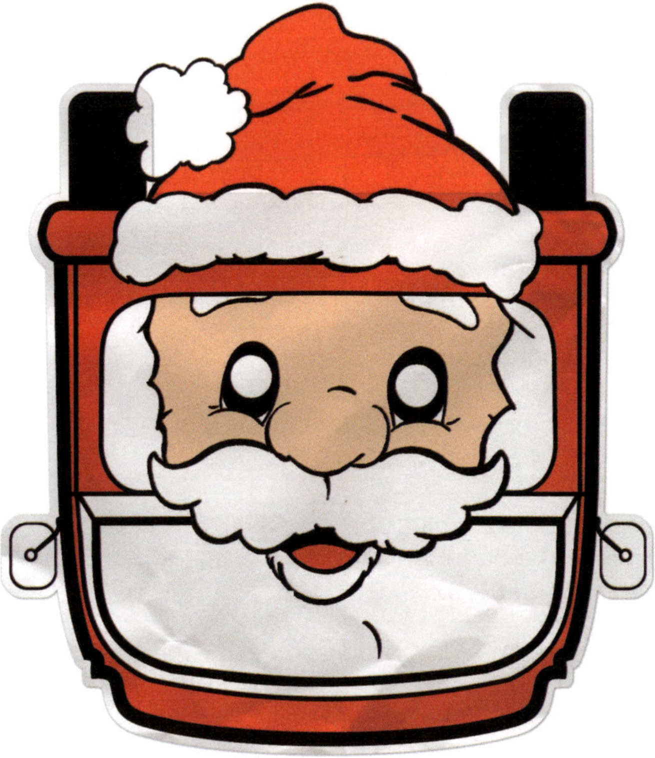

Fim de ano.

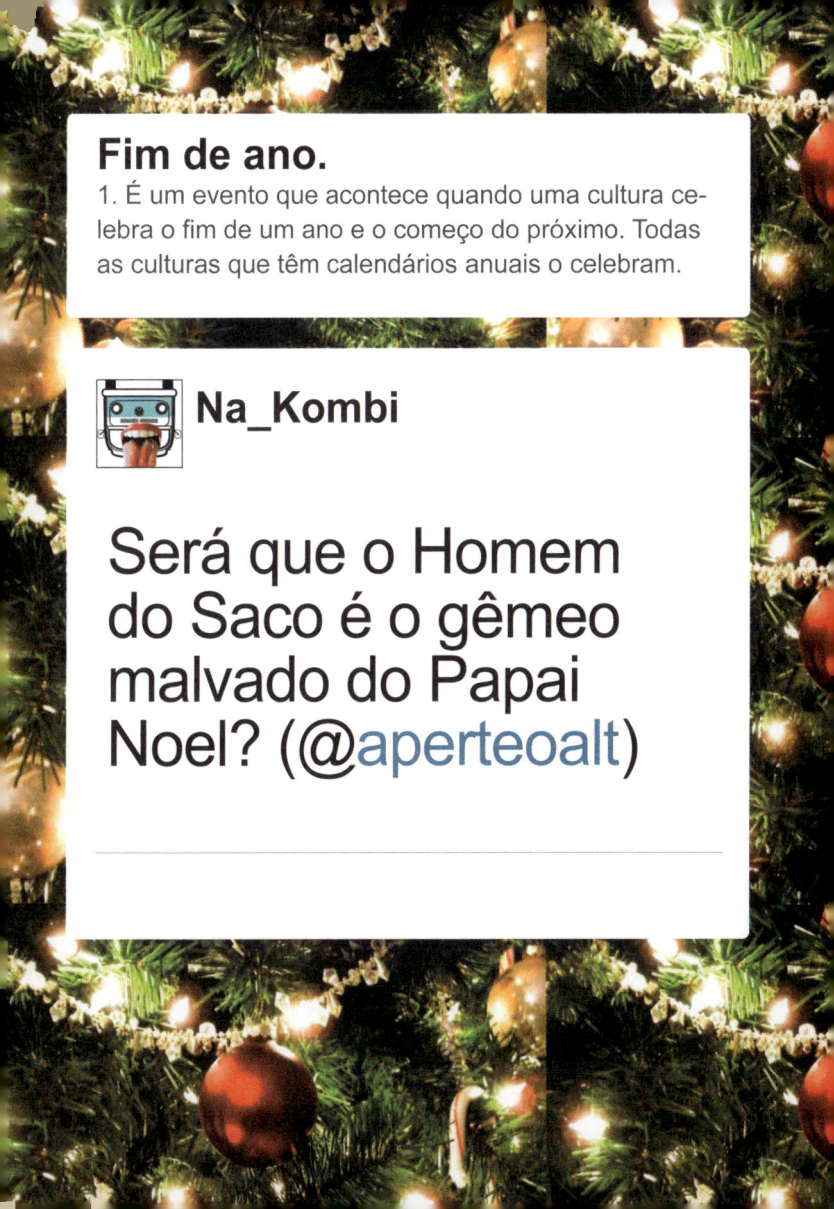

1. É um evento que acontece quando uma cultura celebra o fim de um ano e o começo do próximo. Todas as culturas que têm calendários anuais o celebram.

Na_Kombi

Será que o Homem do Saco é o gêmeo malvado do Papai Noel? (@aperteoalt)

Se você vir uma mulher sem usar branco no Réveillon, as chances de ela estar naqueles dias beiram os 80%. (@harpias)

Sei não, mas esse negócio do Papai Noel ser conhecido pelos mais íntimos como "Santa" pega meio mal, hein? (@aperteoalt)

Neste fim de ano, procure um proctologista e faça sua retrospectiva. (@ulissesmattos)

Natal é mesmo uma época mágica. O dinheiro desaparece da minha conta. (@aperteoalt)

Ouro, incenso e mirra. Pelo menos Jesus não ganhou aquele irritante kit de 3 cuecas. (@harpias)

Papai Noel leva os créditos pelos presentes que a gente dá e ainda o chamam de "bom velhinho". Tá. (@aperteoalt)

O Osama Bin Laden adora brincar de inimigo oculto. (@silviolach)

Papai Noel não é consciente. Não fala sobre degelo do polo norte, incentiva consumo e, com aquela barriga, deve emitir gases paca. (@silviolach)

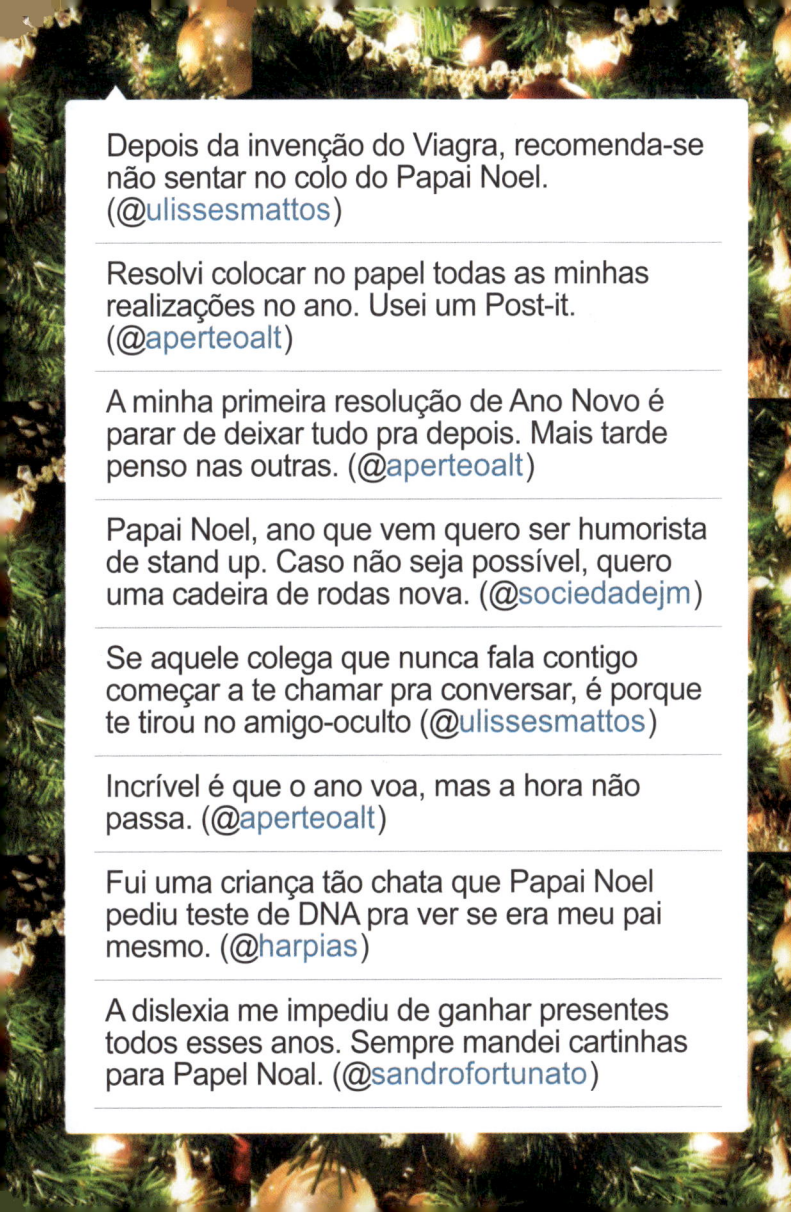

Depois da invenção do Viagra, recomenda-se não sentar no colo do Papai Noel. (@ulissesmattos)

Resolvi colocar no papel todas as minhas realizações no ano. Usei um Post-it. (@aperteoalt)

A minha primeira resolução de Ano Novo é parar de deixar tudo pra depois. Mais tarde penso nas outras. (@aperteoalt)

Papai Noel, ano que vem quero ser humorista de stand up. Caso não seja possível, quero uma cadeira de rodas nova. (@sociedadejm)

Se aquele colega que nunca fala contigo começar a te chamar pra conversar, é porque te tirou no amigo-oculto (@ulissesmattos)

Incrível é que o ano voa, mas a hora não passa. (@aperteoalt)

Fui uma criança tão chata que Papai Noel pediu teste de DNA pra ver se era meu pai mesmo. (@harpias)

A dislexia me impediu de ganhar presentes todos esses anos. Sempre mandei cartinhas para Papel Noal. (@sandrofortunato)

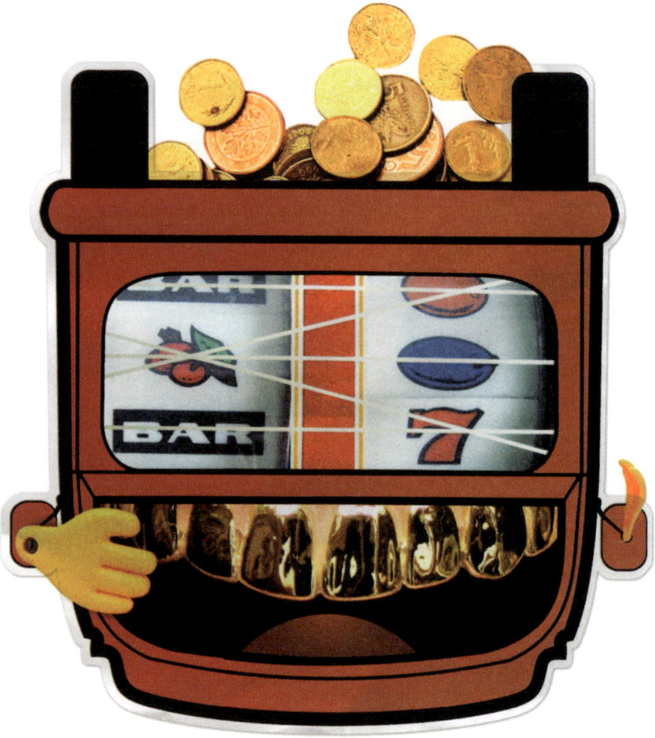
BAR

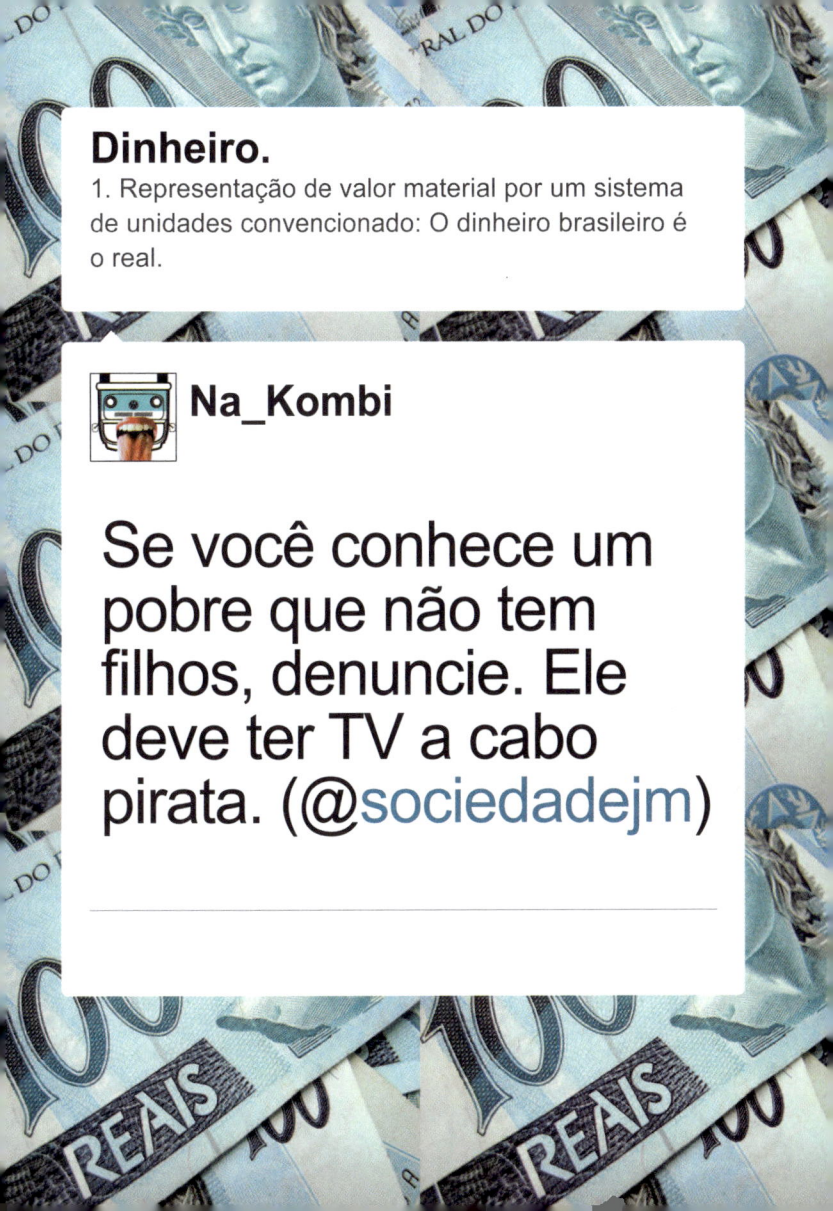

Dinheiro.
1. Representação de valor material por um sistema de unidades convencionado: O dinheiro brasileiro é o real.

Na_Kombi

Se você conhece um pobre que não tem filhos, denuncie. Ele deve ter TV a cabo pirata. (@sociedadejm)

Dinheiro não trai a felicidade (@silviolach)

Frase de parachoque de bebum: 90% do meu dinheiro eu gasto com bebida. Os outros 10% são do garçom. (@lapena)

Pra pobreza de espírito não dá pra pedir empréstimo. (@apertoalt)

A crise financeira afetou tanto a saúde do sujeito que ele teve falência múltipla dos órgãos. (@silviolach)

No banheiro, sem papel higiênico, 5 notas de R$ 2 valem mais que uma nota de R$ 10! (@betosilva)

Minha conta é corrente. O dinheiro entra e sai correndo. (@silviolach)

Você prefere jogar 10% na mão de um pastor ou de um garçom? (@prosopopeio)

Não dá pra guardar dinheiro no colchão. A mulher que fica em cima gasta tudo. (@silviolach)

O que tem 11cm, duas bolas e deixam as mulheres loucas? A nota de R$ 100. (@prosopopeio)

Sabe a diferença entre mulher e dinheiro? É que a mulher dá em árvore (@silviolach)

Perca dinheiro agora. Pergunte-me como. (@lapena)

Pelo visto, o único imóvel que vou ter no futuro será eu mesmo na cadeira de rodas. (@silviolach)

Dinheiro não é tudo na vida! Ouro, diamantes e imóveis também são maneiros. (@betosilva)

Se tempo é dinheiro, quero o meu troco desse horário de verão. (@prosopopeio)

A palavra salário não devia acabar em "rio", mas sim em "choro". (@silviolach)

Tenho ódio de quem lava dinheiro! Ontem mesmo a empregada lavou minha calça com R$ 20 no bolso. (@prosopopeio)

Amor é um valor universal. Dinheiro, valor da Universal. (@ulissesmattos)

Faz tanto tempo que não boto nada no banco que o banco já ta botando em mim. (@prosopopeio)

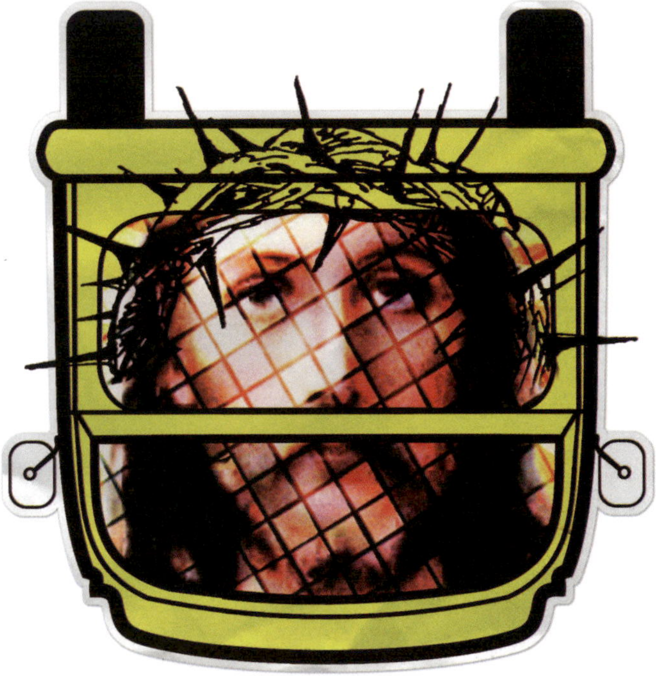

Deus.
1. Rel. Teol. O ser supremo e perfeito, criador de todas as coisas 2. Rel. Teol. Ente infinito e existente por si mesmo; a causa necessária e fim de tudo que existe

Na_Kombi

Se Deus fosse mulher, depilação não doeria tanto. (@Deeercy)

Deus criou a próstata. O Diabo inventou o exame. (@raphaelcrespo)

A Igreja ficou tão viciada nas Cruzadas que até hoje seus padres continuam cruzando. (@ulissesmattos)

Nunca mais reclamem da repressão da Igreja. Muito pior seria a DEMOcracia. (@Deeercy)

Político de Cristo é aquele que é bom devoto. (@silviolach)

A Record pode até ter bispos. Mas no SBT, o Senor é seu pastor. (@ulissesmattos)

Tenho quase certeza que Deus é mulher. E que quando está de TPM, manda um tsunami, um terremoto, essas coisas de mulherzinha. (@silviolach)

Mais fácil contabilizar quantas pessoas Schwarzenegger já matou em filmes do que Deus na Bíblia. (@ulissesmattos)

Se o Criacionismo estiver certo, Deus deve se divertir muito enterrando ossos de dinossauro para encontrarmos. (@prosopopeio)

Se o filho de Deus tivesse nascido na Escandinávia, a história seria diferente. Quem teria peito de crucificar o Thor? (@ulissesmattos)

Deus é o contrário do Cão. Pelo menos, em inglês é. (@ulissesmattos)

Sempre que dou uma esmola, dizem: "Deus lhe pague". Sei não, mas Deus deve estar com o nome no Serasa. (@silviolach)

Claro que a Igreja é contra a camisinha. Dá o maior trabalho botar uma segurando a batina. (@ulissesmattos)

Todas as quartas e sábados, depois do sorteio da Mega Sena, eu viro ateu. (@silviolach)

Deus gosta de ateus. Ateus não enchem o saco pedindo coisas. (@Deeercy)

Sempre me senti muito censurado por ser judeu. Para vocês terem uma ideia, até quando nasci só fui liberado com cortes. (@silviolach)

A voz do povo é a voz de Deus que é a voz do Cid Moreira. (@ulissesmattos)

Deus é a fonte da vida. Edir Macedo é só o dono da represa e da companhia de abastecimento. (@sandrofortunato)

As formigas lá da minha pia pensam que sou Deus. Neste exato momento, devem estar rezando pra não cair outro temporal. (@silviolach)

Já viu português rezando? Ele ora, pois pois. (@silviolach)

A Bíblia é cheia de histórias mal contadas. Os jornalistas da época eram piores que os de hoje. (@ulissesmattos)

Os jornalistas da Bíblia eram péssimos, mas o publicitário que conseguiu aquele espaço todo para Moisés era ótimo! (@sandrofortunato)

Deus vai continuar nos castigando se continuarmos o desenhando como um velho com roupas fora de moda. (@ulissesmattos)

O senhor é o meu pastor, quem sabe seja por isso que eu continuo pastando. (@Deeercy)

Passei a acreditar em papai do céu depois que o meu foi pra lá. (@silviolach)

Dízimo com quem andas que eu te direi quem és. (@silviolach)

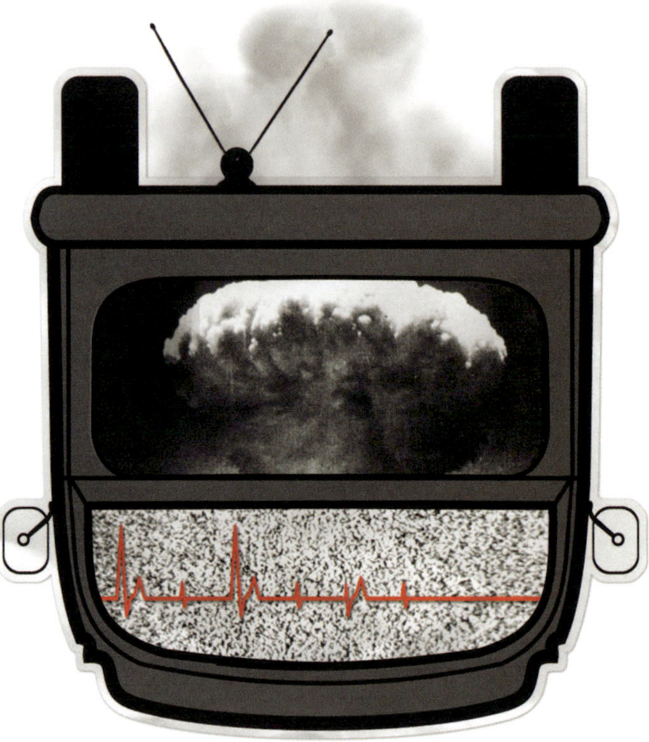

Fim do mundo.
Termo utilizado em ciência, religião e em outros campos da atividade humana para se referir ao derradeiro destino do universo.

Na_Kombi

O fim do mundo nem é o problema, o duro é ter que aguentar o Galvão Bueno gritando: ACABOOOOOUUU!!! (@microcontoscos)

Já que começou com um *Big Bang*, bem que poderia terminar com um *gang bang*... (@microcontoscos)

Na próxima arca que construírmos, por favor não levem um casal de políticos. Odeio esses bichos. (@ulissesmattos)

Os metais que acompanham Joelma e do Chimbinha são as trombetas do apocalypso. (@prosopopeio)

O mundo é redondo. Quer dizer... se ele morrer foi por poblema de obesidade? (@silviolach)

Tô tranquilo em relação ao fim do mundo. Algum americano vai salvar todo mundo no final, que nem nos filmes. (@microcontoscos)

Quero que o mundo termine com bomba atômica, só para não dar razão aos ecochatos. (@ulissesmattos)

Os publicitários maias eram muito limitados. O fim do mundo ficaria mais assustador se fosse em 2013. (@ulissesmattos)

Meu interesse em saber que dia vai acabar tudo é só pra poder anotar no cheque pré-datado mesmo. (@tiodino)

Para Deus, nós devemos ser uma espécie de garrafas Pet. (@silviolach)

Rede Globo muda horário do fim do mundo para não atrapalhar sua programação. (@microcontoscos)

Deus está a fim de dar um pé na nossa bunda. Mas por enquanto ainda está na fase de "discutir a relação". (@silviolach)

O pior coisa de quando o mundo acabar é que viraremos todos sem-Terra. (@microcontoscos)

Chega o fim do mundo mas não chega a sexta-feira. (@tiodino)

Vou cobrar de todas as mulheres que disseram que só dariam pra mim no dia que o mundo acabasse. (@silviolach)

O mundo é um filme-cabeça. Quando ele acabar, não terei entendido nada. (@ulissesmattos)

E morremos todos infelizes para sempre... (@prosopopeio)

Adesivo para o fim do mundo: "EU FUI". (@silviolach)

"E se a gente criasse um perfil coletivo aberto no Twitter?". "Seria legal, mas ao dar a senha pra todos, alguém ia mudá-la só pra sacanear." "Então temos que chamar poucas pessoas para esse coletivo..." "Ou chamar pessoas diferentes para cada período". "Isso! Pode ser uma turma nova a cada semana, que teria sempre um tema diferente!". "As pessoas entrariam no perfil e depois desceriam pra outras entrarem, como um ônibus, um táxi...". "Kombi é mais engraçado e todo mundo já andou numa!". "Fechou! Quando começamos?".

Foi em um diálogo mais ou menos assim, por telefone, que decidimos como seria a Kombi da revista *M...* (a única publicação bimestral que sai uma vez por ano), perfil coletivo com rodízio de convidados, convocados para escrever conosco sobre um tema específico a cada semana, com frases criadas especialmente para a brincadeira. Registramos o www.twitter.com/na_kombi, carinhosamente conhecido como @na_Kombi, e chamamos alguns conhecidos para escrever de segunda a sexta.

Com o tempo, vimos que a coisa ficaria melhor se fechássemos em um só dia: escolhemos a quinta-feira, com um rabicho na sexta, quando o tema rende uma sobrevida. E também percebemos que as pessoas gostavam mais das frases engraçadas, sem comentar ou repassar tanto os posts que apenas traziam informações ou links. Quando vimos, estávamos com um perfil exclusivamente humorístico e tivemos que garimpar novos passageiros com essa pegada. A sorte foi que os próprios seguidores da Kombi da *M...* passaram a nos mandar sugestões de frases, algo com que não contávamos. Foi um movimento espontâneo dos próprios tuíteiros.

Quanto mais frases sugeridas um seguidor emplacava, mais chances tinha de ser chamado nas próximas semanas como passageiro. E assim encontramos talentos humorísticos até então desconhecidos. Ao mesmo tempo em que ganhávamos a ajuda de colaboradores brilhantes para fazer a Kombi andar, os novos passageiros nos falavam que andar na kombosa (outro apelido que surgiu pelo caminho) lhes trazia centenas de novos seguidores. Isso porque, a essa altura da viagem, já tínhamos milhares de *followers*, e cada frase de efeito tuitada pelo @na_Kombi repercutia muito mais do que em um perfil individual.

Com tudo engrenando bem, outros passageiros com mais seguidores que a própria Kombi da *M...* vieram nos prestigiar, dando umas voltas com a gente. Alguns deles já famosos mesmo fora da internet, como vocês poderão conferir ao longo das páginas desta coletânea. Nessa seleção, escolhemos algumas das melhores frases de apenas 27 temas, menos da metade dos assuntos que já atropelamos com a kombosa. Com isso, também só estão aqui 44 autores, dos cerca de 70 que já andaram no @na_Kombi. Ou seja, há muito material para uma segunda coletânea tão boa quanto essa aqui. É só buzinar e a gente sai com outra da garagem.

@SilvioLach e
@UlissesMattos
Criadores do @na_Kombi
e editores da revista *M...*
(www.mcorporation.com.br)

@amatos30 - Adriano Matos é carioca há 33 anos e redator publcitário há 13. Mora em SP. Trabalhou na Publicis, DM9 e hoje trabalha na Moma Propaganda.
@ulissesmattos — Editor da revista M... e piloto da Kombi, faz roteiros de humor e *stand-up comedy*. Nos guetos da web, foi conhecido como Odisseu Kapyn.
@sandrofortunato - É lindo, rico, muito bem dotado, mas um pouco mentiroso. Edita o site Memória Viva e escreve no sandrofortunato.com.br.
@silviolach - Silvio Lachtermacher é publicitário e sustentou o Silvio Lach humorista em sua passagem pelo OPasquim21 e JB. É editor da M... e da Kombi.
@tiodino - Dino Cantelli é redator, sonhador, astronauta, lindo e rico. Escreve humor, mas não é humorista. Atende na internet em diferentes endereços.
@prosopopeio – Léo Cardoso é de Maceió. Formado em Direito pela UFAL, trabalha na Espalhe, agência de marketing de guerrilha. É o criador do @OCriador.
@georgemacedo – É webdesigner, trabalha com mídias sociais e se assume redator sempre que possível. É adepto incorrigível da crítica social.
@nigelgoodman - É roteirista, comediante *stand-up* e às vezes atualiza seu blog em nigelgoodman.com. Nigel se pronuncia NAY-JHahL.
@faustosalvadori - Jornalista profissional, blogueiro amador (www.botecosujo.com), pornólogo monogâmico, misantropo e pai de três filhas.
@sambrito - Samantha Brito é rica, bonita, popular, bem sucedida e morou na França. Além do humor e do Twitter, seu hobby favorito é contar mentiras.
@leojaime - Para ele, quem tem seguidor é seita. Ele tem quem o acompanhe. Ele não twitta, pia. Não faz followfriday, mas #FF.
@rosana - Rosana Hermann é física nuclear pacífica, twitteira atômica; esposa amadora, blogueira profissional. Escritora, mãe e cidadã em período integral.
@ticomiah - Tico Santa Cruz, o idiota no país dos espertos.
@aperteoalt - Renato Alt escreve. Esteve na Ásia, Oceania e em mais um continente à sua escolha. Em outros mundos, realidades e onde mais a caneta levou.
@fernandalizardo - Nasceu em 1981 e mora no Rio de Janeiro. É graduada em Jornalismo, mas jura que sabe escrever. É autora do livro Sexto Sexo.
@felipekusnitzki - Tem 22 anos, é integrante do site O Mico na Rede, constrói até três andares, preços convidativos. Você quis dizer: Felipe Koschnitzky.
@alexpaim - Jornalista, comediante *stand-up* e editor de www.omiconarede.com, ou seja, em busca de uma atividade rentável.
@viciadocarioca - Claudio Formiga é viciado em sexo, álcool e rock. Frequenta botecos sujos com 1 chope na mão e tentando miseravelmente parecer interessante.
@ronaldrios - É humorista. Trampa na Jovem Pan, na MTV e onde pagar.
@microcomicas - Marcos Bassini é redator, compositor, vocalista do Mané Sagaz e torce que seu chefe nunca leia as merdas que ele posta no Twitter.
@raphaelcrespo - Jornalista, redator da revista oficial do Flamengo. Aprisiona um ogro politicamente incorreto que pega umas caronas de Kombi.
@fumantepassivo - Um fumante passivo, como todo mundo que respira. Redator publicitário, baiano e amante do humor refinado.

@celo_marinho - Marcelo Marinho é estudante e, se não fosse pela carteirinha, não estudava. Está aguardando que alguém ligado ao humor o descubra. Ou não.

@willfarias - É um cara que, se dependesse do humor para viver, precisaria de um código pra ser imortal.

@dbanin - Daniel Banin, roteirista por formação, humorista por pretensão e twitteiro por diversão. "Se nasci de uma, com certeza alguma porra eu sou".

@deeercy - Denise Dambros é gaúcha, jornalista, fotógrafa, futura contratada da Globo e humorista de grande sucesso nacional.

@leobitencourt - Funcionário público, economista e daltônico com muito orgulho. Nas horas vagas, mostra sua arte no futebol e se faz de engraçado no Twitter.

@fabioporchat - É ator, diretor, roteirista e comediante. Faz parte do Comédia em Pé, primeiro grupo de *stand-up comedy* do país.

@marcoscastro - Comediante, matemático e nas horas vagas escreve no Twitter. Quando tem graça, é o lado comediante. Caso contrário, é o matemático.

@microcontoscos - Leonardo Lanna é humorista. Além dos @microcontoscos, atua também no jornal Sensacionalista. Vive de fazer graça. De graça, infelizmente.

@ChicoLucchini - Francisco D'Elia Lucchini é publicitário, Dir. de Criação da Quê Comunicação, casado c/ Valeria, pai de Gabriel e Giovanna, e é rubro-negro.

@jotapelopes - Um niteroiense, ex-professor de Educação Física que hoje é redator publicitário. Um cara especial.

@alexandremedina - Humorista do Twitter por opção. Blogueiro do Bebida Liberada e do Pimentas No Reino. Observador atento da higiene íntima feminina.

@cardosofabio - Pessoa afável, bacana mesmo, que não tolera 2 coisas nessa vida. Ignorância e objactuerescência. Tu não sabe o que é isso?

@sociedadejm - Da mesa do bar pro blog (http://sociedadejm.blogspot.com) e pro Twitter. As piadas não mudaram, só a mesa que ficou maior.

@retortorelli - Renato Tortorelli é humorista *stand-up*, roteirista da revista Mad, corinthiano e gordo.

@edsonaran - Edson Aran é humorista, cartunista, escritor, jornalista e, quando não está fazendo nada disso, também é o diretor de redação da Playboy.

@mussumalive - É uma homenagem ao humorista Mussum, feita por Leandro Santos, paulista de 27 anos, do blog www.bebidaliberada.com.br.

@piangers - Marcos Piangers é jornalista, radialista, apresentador de tv e quer seguir carreira de modelo. De mãos.

@megantonio - *Homo Sapiens*. Primo do homem de Neanderthal e do homem de Cro-Magnon. Parente distante do jabuti, da mula, do Sarney e do Gandhi.

@edbertodutra - Redator publicitário, carioca, tricolor e fã do bom humor politicamente correto e incorreto.

@harpias - Camila Moraes, 24 anos, biomédica, solteira à procura, carioca belzebu provocante, dona do Bom Dia Cu (http://gregoriando.wordpress.com/)

@lapena - Helio de la Peña é humorista do Casseta & Planeta, carioca, botafoguense e, nas horas vagas, não come ninguém.

@betosilva - Beto Silva é integrande do *Casseta & Planeta* e autor dos livros "Júlio sumiu" e "Uma piada pode salvar sua vida".

Este livro foi impresso em agosto de 2010,
capa em papel triplex 250g e miolo em off-set 90g,
na Gráfica Santa Marta, em João Pessoa - PB,
onde os gráficos choraram de rir.

www.leya.com.br
www.editorabarbanegra.com.br